TAKE
SHOBO

禁断の誘惑に逆らえませんでした

俺様彼氏のイケナイ教え

水城のあ

CONTENTS

イラスト／上原た壱

禁断の誘惑に逆らえませんでした
〈俺様彼氏のイケナイ教え〉

プロローグ

弓削裕彬は青々と茂った木々の間から零れる日差しを浴びながら、住宅街を軽快な足取りで走り抜けていく。

走ると言っても急いでいるわけではなく、体力や体型を維持するために自分に課しているランニングだ。

昨晩降った雨のせいで所々水たまりが残っているが、そのおかげで空気が洗われ、ひんやりとして気持ちいい。

ちょうど一ヶ月前の今頃は桜が満開で、この目黒川沿いの道は人でごった返していた。しかし今は新緑に覆われ、時折子どもをベビーカーに乗せて散歩をする若い母親と行き会うぐらいだ。

弓削は数年前までブルーモンスターTOKYO、通称BMFCというプロサッカーチームに選手として所属していた。

膝の故障により引退するまでは日本を代表するトップ選手として活躍していて、引退から二年が過ぎた今も弓削の人気が衰えることはなく、昨年始めたスポーツウエアブランドの会社は順調に業績を上げていた。

現在の住まいは品川と大崎の中間辺りにあるタワーマンションで、仕事がない晴れた日はこうしてあちこちを走るのが日課になっていた。

今日のように大崎、五反田を抜け目黒川沿いに上って行ったり、夕方から夜のランなら天王洲の運河沿いを夜景を見ながら走ったり、近場なら東京タワーを横目に芝公園の外周をぐるぐると回ったりする。

今も街を歩いていれば人目を惹(ひ)いてしまうが、ランのときは案外気付かれないのもよかった。

もちろん気付いて欲しいときはこちらも有名人オーラを全開にするが、トレーニングウエアに日よけのキャップ、サングラス姿の弓削に気付く人はほとんどいない。

自宅マンション付近に戻ってきた弓削がタイムを確認しようと、ほんの少しスピードを緩めたときだった。

ゆるい坂を登り切った先に、行く手を阻むように数人が集まっているのが目に飛び込んできた。

あまり人通りが多い場所ではないためかなり珍しい光景で、興味を惹かれた弓削は立ち止まっている人たちの向こう側を覗(のぞ)き込んだ。

人の隙間から見えたのは若い女性と年輩の男性の姿で、どうやら女性が座り込んだ男性を立ちあがらせようとしているらしい。

「ダメですよ〜こんなところに座り込んでいては。この近くにお住まいなんですか？　立てますか？　ご自宅まで一緒にいきましょうか」

一目で酔っ払っているとわかる男に、女性はバカ丁寧に話しかけている。

こういうときは見て見ぬふりをして通り過ぎるか、心配ならあとから警察に通報するのが賢いやり方だし、都会では自分の身を守るためにもそれぐらい用心が必要だ。

いつもの弓削なら、そのまま通り過ぎてしまっただろう。しかし、今日はそうする前に事件が起きてしまった。

「もう飲まなきゃやってられないんだよ！　会社はクビになるし、かーちゃんは出て行くし、せめて競馬で一儲けしてやろうと思ったら有り金全部すっちまった。もう飲むしかねーじゃねーか！」

まるでシナリオでも読んでいるのではないかと思うほど、よくある転落ストーリーだ。このあとは大抵声をかけた人間に絡むか、八つ当たりをするというのがセオリーだろう。

そもそも有り金を全部すったのにどうやって酒を買ったのだと突っ込んでやりたい。

さすがに身の危険を感じて男から離れるだろうと思った弓削の予測に反して、女性は労るように男の手を取った。

「それは大変でしたね。でも神様は乗り越えられる試練しかお与えにならないんです。きっとあなたがそれを乗り越えられるとお考えになったんですよ」

弓削はその言葉を聞き噴き出しそうになった。どこの聖女様の言葉だ。イマドキ本気でそんなことをいう人間がいるのだろうか。

女の顔がちゃんと見てみたくて、弓削はさらに一歩身を乗り出した。

女性は二十代前半の、化粧っ気こそないが可愛らしいタイプだ。美人とは言えないが、長いストレートヘアが印象的だった。

「今日は少し飲みすぎてしまったんですね。お酒はほどほどに楽しむものなんですよ。さ、おうちまで送りますから立ってください」

女性はふたたび男の手を取った。

「あんた俺なんかに優しくしてくれるなんて……まさか、天使か？　いや、女神様なのか？」

案の定、甘い言葉ばかり囁くから酔った男がとんでもないことを言い出した。早く離れろ。そう思っているのに、女性は一向に逃げる気配を見せない。このままではとんでもないことになると、弓削は内心苛立っていた。

「わたしは天使でも女神でもありませんが、神様はひとりひとりに天使を遣わせてくださっているんですよ。きっとあなたのそばにもいらっしゃいます」

この女は頭のねじがひとつふたつ外れているのかもしれない。弓削がそう考えたときだった。

「あんたこそ俺の天使だぁ！」

男はそう叫ぶと、突然立ち上がり女性に抱きついた。

「きゃあっ！」

　酔った中年男性とは思えない素早い動きに、女性はバランスを崩して尻餅をつき、そのまま男に押し倒されてしまう。

「天使さまぁ!!」

　男がそう叫んで女性の胸に顔を埋めようとする。次の瞬間、弓削は考えるよりも先に手を伸ばしていた。

「オジサン、それ以上やると痴漢行為で逮捕されるよ。今、警察に保護してくれるように電話したからさ」

　そう言いながら男の肩を押さえて女性から引き離すと、二の腕を摑んで無理矢理立ちあがらせる。

「け、警察!?　お、俺はそんなつもりじゃ……！」

　どうやら逆ギレタイプではなかったらしく、弓削の言葉にサッと顔色を変えたように感じた。というのは、実際には酒焼けの赤ら顔で顔色などよくわからなかったからだ。

「うんうん。そうだよね。でもさ、こういうのダメなんだよ」

　弓削がちらりと道路に座り込む女性に視線を向けると、まだ状況が飲み込めないのか弓削と男性の顔を呆けたように見上げていた。

「ほら、彼女びっくりしてるだろ。とりあえず彼女にお礼言ってさ、みんなに迷惑かけないように帰れるよね？　警察の人には俺が上手く言っておくから」

「あ、ああ……わ、悪かったよ！」

男は踵を返すと、本当に酔っていたのかと思うほどの力強い足取りでその場から立ち去った。

弓削は揉めずにうまく追い返すことができたことにホッとしながら、座り込んだままの女性を振り返った。

「あの、警察って……」

まだ状況が飲み込めていないのか、キョトンとした顔で弓削を見あげている。最初の印象よりも表情のせいか幼く見える。

「嘘。ああいうのにはそれぐらい言ってビビらせないと。それよりいつまでそこに座ってるつもり？」

「あ、はい……きゃ！」

女性はやっと我に返ったのか辺りを見まわし、それから飛び上がった。

昨夜の雨でできた水たまりの中に尻餅をついていたらしく、着ていたスーツはすっかり泥にまみれてしまっている。

「……」

人助けなんて柄じゃない。子どもじゃないのだからそこまで面倒を見てやる必要はない。頭の中でそう叫ぶ自分がいるのに、捨てられた子犬のように途方に暮れる姿がチクリと弓削の胸を刺す。

「……はぁ」

弓削は深く溜息（ためいき）をつくと、着ていたウィンドブレーカーを脱いで女性の肩にかけた。

「これ、着て」

続いて立ちあがるのを助けるために手を差し出すと、女性は一瞬ぽかんとし、それからほんの少し顔を赤らめて弓削の手を取った。

「あ、ありがとうございます……」

「その格好じゃどこにも行けないだろ。着替え用意してやるからついてきて」

弓削は、自分のどこにこんなお節介な部分があったのだろうと思いながら踵を返した。

1　汝、踏み出したまえ

困っている人にはためらわず手を差しのべる。それはいつか巡り巡って自分に差し出される手でもあるのだと、ずっと思っていた。

牧師である父もいつもそう信者の人に話していたし、施すことも施されることも恥ずかしいことではないと教えられた。

でも詩緒（しお）は男性に手を差し伸べられたとき、なぜかほんの少しだけ恥ずかしいという気持ちを覚えた。

それは突然現れた男性が、今まで出会った男性の誰よりも整った容貌の男性だったとか、泥にまみれた自分をみすぼらしく感じていたからとか、いくつでも理由をあげられたけれど、なにより〝拾われた〟という気がした。

例えるなら、雨が降るなか段ボール箱の中で寒さに震えていた子猫が、温かな手にすくい上げられた、そんな感じだ。

詩緒には男性が希望の光のように見えて、一瞬だけその眩（まぶ）しさに目を細め、そして次の瞬間にはその光景は消えてしまった。

気付くと男性に差し出された手を取り、なぜか子どものように手を引かれ歩いていた。

我に返ったのは、見知らぬマンションのエレベーターに乗り込んでからだった。

「あの！　色々ご迷惑をおかけしてしまってすみません」

今さらだが、詩緒は深々と頭を下げた。

助け起こされたときは酔った男性に抱き付かれたことにショックを受けていたし、汚れた服で途方に暮れていたから男性の申し出はとてもありがたかったのだ。

連れてこられたのは俗に言うタワーマンションで、エントランスも詩緒の住む会社の借り上げ社宅であるワンルームマンションの入り口とはまったく違っている。

マンションの入り口にはカウンターがあり、制服を着た女性が笑顔で〝おかえりなさいませ〟と声をかけてきた。

男性は立ち止まらずに軽く頷（うなず）いただけで、詩緒をエレベーターの中へと誘った。

呆気（あっけ）にとられると同時に自分が場違いなことに気付き、通りすがりに自分を助けてくれた親切な男性に感謝して頭を下げた。

「わたし、風間（かざま）詩緒と言います。見ず知らずの私を助けていただいて、感謝しています。本当にありがとうございました」

詩緒のバカ丁寧な言葉に、男性は仕方なさそうに口を開く。

「俺は……弓削裕彬。それから、知らない男に簡単に名乗らない方がいい」

名前を口にするときに男性が一瞬言葉を詰まらせた気がして、思わずまじまじとその顔を見つめると、ふいっと顔を背けられてしまう。

なにか失礼な態度をとってしまっただろうか？　今の会話を思い返して見たけれど、名前を名乗ったぐらいで思い当たることはない。

不審に思いながら横顔を見ているうちにエレベーターの扉が開き、弓削が視線から逃げるようにエレベーターを降りる。詩緒も慌ててあとを追った。

降り際に三十二階という階数表示を見て、ドキリとする。

詩緒が生まれ育った函館から東京に出てきて驚いたのは、とにかく建物が高いことだった。

函館でタワーマンション並みに高いものと言えば五稜郭（ごりょうかく）タワーぐらいだが、それよりも高いところなら、車かロープウェーで函館山に上るしかない。

札幌まで出れば高いビルや高層マンションもあるけれど、そもそも東京に比べて地価の安い函館にタワーマンションの需要はないだろう。

ホテルのように絨毯（じゅうたん）が敷き詰められた廊下で立ち止まる。弓削がなにか小さなプラスティックのようなものをかざすとカチリと鍵の開く音がした。

「どうぞ」

扉には鍵穴のようなものは見当たらないから、最新式のスマートキーと言うもののようだ。

頭を下げて玄関に足を踏み入れると、そこはシングルベッドがひとつ楽々おけてしまうほど広く、白い大理石が敷き詰められていた。

「わ……」

赤いラインの入ったスニーカーと革靴が一足ずつ並んでいる様子から、独り暮らしに見える。

長い廊下と奥に続いた白い扉の向こうはリビングで、詩緒は大きな窓から見える景色に気付くと、子どものように窓に駆け寄っていた。

「すごーい！」

歓声をあげて弓削を振り返ると、彼は小さく笑いながらスマートフォンを耳に当てた。

「ちょっと待ってて。友だちに服を頼むから……あ、リン？　いま家か？」

詩緒は電話の邪魔をしないように口を噤むと、もう一度外の景色に目を向けた。

眼下に広がるのは東京の街並みで、品川周辺の新幹線や私鉄の複雑な線路の様子が模型のように見える。

唯一残念なのは、窓が開かないことだろうか。きっと二十四時間空調で管理されているのだろうが、毎日窓を開けられないのは季節感を見失ってしまいそうだ。

広いリビングにはソファーやテレビだけでなく、トレーニングジムのように色々なマシーンが並んでいる。

そういえば弓削はトレーニングウエアを身に着けていたから、身体をうごかすのが好きなのかもしれない。

ちらりと視線を向けると、電話を終えた弓削と目が合った。

「弓削さんのお宅、とっても素敵ですね！　おうちの中にトレーニングマシーンもあるし、景色も素敵だし」

部屋のゴージャスさに昂奮していた詩緒は、さっき出会ったばかりの謎の男性であることも忘れてそう口にした。

「こんな立派なマンションにお住まいなんて、やっぱりお仕事って社長さんとかですか？」

詩緒の質問に弓削は少し驚いたように目を見開いた。

「へえ。君、俺のこと知らないんだ」

その口調は面白がっているようだ。

「え……？　もしかして弓削さんって有名な社長さんなんですか？　わたしテレビとかあまり見ないので、そういうことに疎いんです。友だちにもよく笑われるんですけど」

恐縮する詩緒に、弓削は小さく笑って首を横に振った。

「そうでもないよ。それにしても……君、変わってるね」

「そ、そうですか？　わたしは至って普通のつもりなんですけど……」

「変わってるよ。酔っ払いに神様がどうのって言っても伝わるわけないのにマジになってるし、今は知らない男の部屋に普通に上がり込んで景色が素敵って盛り上がってるし」

その言葉を聞いて、さすがに自分の行動が少し無防備すぎたのだと気付いた。

「あ、あの……」

居たたまれなくなってモジモジし始めた詩緒の様子に弓削は小さく肩を竦めた。

「取りあえずその格好じゃソファーも勧められないから、シャワーを浴びておいで。着替えは同じマンションの友だちに頼んだから、もうすぐ届けてくれる」

「は、はい」

確かに水たまりに尻餅をついたせいでお尻はドロドロだ。このままソファーに座ったりしたら今度はクリーニングが大変なことになるだろう。

詩緒はお言葉に甘えてバスルームを使わせてもらうことにした。

予想通り、というかそれ以上にバスルームはゴージャスで、個人宅と言うよりホテルの設備のようだ。

ミストシャワーにジャグジー、バスタブに浸かれば正面のちょうどいい位置にテレビのモニターも設置されている。

詩緒は設備を試してみたくてウズウズしたけれど、もしおかしなところに触って壊してしまったらと思うと、手早くシャワーを浴びるしかなかった。

ふと、扉の向こうに人の気配を感じて、詩緒はその身を固くした。念のため浴室には鍵をかけたけれど、知らない男性の家でシャワーを借りるなんて、さすがに非常識だったかもしれない。

牧師である父にはいつも本当の悪人はいないと言い聞かされていたが、さすがに疑う気持ちは持っている。でも弓削は悪心を持ったタイプには見えなかったのだ。

もちろん知り合ったばかりでなにがわかるのかと言われればそれまでだが、詩緒を騙して家に連れ込むほど、女性に不自由しているようにも見えなかった。

詩緒が緊張してシャワーヘッドを握りしめた瞬間、女性の声がした。

「ごめんなさい。着替えここに置くわね。バスタオルの場所、わかる？」

その言葉に、弓削の言っていた友だちなのだとホッとしてシャワーを止めた。

「ありがとうございます」

扉をほんの少し開けて顔を出すと、グレーのバスタオルを抱えた女性が笑顔で振り返った。

明るい茶色の髪は綺麗に巻かれていて、ゴージャスという言葉がぴったりだ。

さっき弓削が〝リン〟と呼んでいたのはこの人のことだろう。

「バスタオル。お客様用は高いところに入っているから出しておくわね」

広い洗面台の上が吊り戸棚になっていて、どうやらそこから出してくれたらしい。

というかお客様用のバスタオルの収納場所まで熟知しているということは、弓削の彼女ではないだろうか。

そうだとしたら彼氏が見知らぬ女を連れ込んでバスルームを使わせていることに、内心抵抗を覚えているかもしれない。

「すみません。もう出ますから」

「じゃあどうぞ」

　詩緒は手渡されたバスタオルを素直に受けとり身体に巻き付けると、浴室の外に出た。

「ご迷惑をおかけしてすみません」

「どういたしまして。これ、着替えね。わたしのだから少し大きいけど、ワンピースなら誤魔化せるし、アキの服を着るよりいいでしょ。下着も新品だから使ってね」

「ありがとうございます」

　花柄のワンピースにボレロタイプのカーディガンが添えてある。下着もカップ付きのキャミソールだから彼女の言う通り、これなら多少サイズが違ってもおかしくはない。

「髪も乾かすでしょ。ドライヤー出しておくわ」

　洗面台の引き出しからドライヤーを取り出すと、女性は「じゃあごゆっくり」そう言い残して出て行った。

　やはり弓削はいわゆる悪心を持った人ではないようだ。そうでなければわざわざ女性に手伝いを頼んでくれたりしないだろう。

　やましい気持ちがないからこそ、見知らぬ女性を家に入れたことを彼女に話すことができるのだ。

　詩緒は自分の人を見る目が間違っていなかったことに満足して、手早く支度をした。

「ありがとうございました」

　リビングに戻ると女性の姿はなく、弓削だけがミネラルウォーターのボトルを手にL字型のコーナーソファーに腰掛けていた。

「着替え、大丈夫だったみたいだな」

「はい。あの、さっきの人は……？」

「ああ。なんか部屋に取りに戻った。あいつ、すぐ真下の部屋に住んでるんだ。すぐ戻ると思うけど、とりあえず座れば？」

詩緒は頷いて、弓削から離れたソファーの端に腰を下ろした。

「なにか飲む？　コーヒー？　あと冷たいお茶か水なら冷蔵庫にあるけど」

そう言いながらキッチンへ入っていく弓削に、詩緒は慌ててあとを追った。

壁に沿って冷蔵庫や作り付けの食器棚が並んでいて、シンクやコンロはいわゆるアイランドタイプの開放的なキッチンだ。

「すごい……モデルルームみたい」

「レイアウトはリンに任せたんだけど、今はこういうのが流行らしいね」

弓削はあまり興味がないのか、ちょっと肩を竦めて冷蔵庫の扉を開けた。

「わたし、自分でやります」

「そう？　じゃあグラスはそこ。お茶でいい？」

そう言いながら、冷蔵庫からペットボトルを出してくれる。

「ありがとうございます」

詩緒は教えられた棚からグラスを取り出すと、キッチンカウンターの上に置いた。

「それにしても、どうしてあんな危ないことしたんだ」

「え？」

弓削の言葉が理解できず振り返った。

「昼間から酔っ払ってるおっさんに声をかけるなんて、襲ってくださいって言ってるようなもんだろ。ああいう手合いを本気で相手にしたらダメだ」

「でも、あんなふうになるのはそれなりに理由があると思うんです。きっとあの人だって酔いたくて酔っていたんじゃないんです。誰にも頼れなくて、ひとりではどうすることもできなかったんじゃないでしょうか」

黙って詩緒の言葉を聞いていた弓削の表情は、気付くと呆気にとられたような顔になっていた。

「あのさ……それ、本気で言ってるの？」

「はい。もちろんそうですけど……？」

最初から本気だったが、弓削には冗談に聞こえたのだろうか。首を傾げる詩緒の前で、弓削が深い溜息(ためいき)を漏らした。

「家に呼んだ俺がいうのもなんだけど、君……詩緒ちゃんだっけ？　一応社会人みたいだし、もう少し警戒心を持った方がいいと思うよ」

「え？」

「みんながみんな、君みたいな純粋な心を持ってないってこと」

「えっと……」

取り立てて純粋なつもりはないけれど、たまにこういう言葉でお説教をしてくる人はいる。しかし子どものときから人を信じることを教えられてきた身には、理由もなく人を疑うことはできなかった。

詩緒が困ったように首を傾げると、なぜか弓削の表情が厳しくなる。そして詩緒が瞬きをひとつした次の瞬間、肩を強く押されて背中を壁に押しつけられていた。

「あ……っ」

声をあげたときには息がかかるほど間近に弓削の顔が迫っていて、詩緒はただ目を見開くしかない。

「例えば、知らない男の部屋にのこのこついていくと、こういうことになるって言ってるんだ」

壁に突いた両手で囲われた、いわゆる壁ドンという体勢にドキリとしたけれど、それよりも目の前の端正な顔に見とれてしまう。

家族以外の男性とこんなにも近づくのは初めてで、ただ弓削のことを綺麗な男性だと感じ、自然と目が引き寄せられる。

そのせいで弓削がさらに顔を近づけ傾けてきても、それがなにをする体勢なのか思い至らない。

ただ、肌に触れた息が熱い――そう感じたときだった。

「いい加減にしなさい！」

「いてっ！」

叫び声と共に弓削が身体を起こし、両手で後頭部を押さえた。

「リン！　なんで殴るんだ!!」

「アキが無垢な女の子からかうからでしょ！　気をつけてね。こいつ超最低な男だから！」

女性の〝最低〟という言葉が弓削にそぐわない気がして、詩緒はキョトンとしてしまった。

弓削はこんなにも親切なのに、どうして最低なのだろう。意味がわからないという顔の詩緒を見て、女性がそれに応えてくれる。

「あのね、アキは女にだらしないの。まあたいてい相手が勝手に言い寄ってくるんだけど、誘われたら拒まないのよね。それこそ来るものは拒まず去る者は追わずって感じ。女の敵よ、敵！」

「俺にだって好みがあるんだから、来るものは拒まずってことはないだろ。そりゃ、女を追いかけたことはないけどさ」

「要するに女を選ぶけど、手はかけないってことでしょ。それって釣った魚に餌をやらないってやつよ。やっぱり最低じゃない」

つまり弓削は女性にだらしないということだろうか。詩緒に親切にしてくれた弓削からは想像できないけれど、二人の会話から読み取れる内容はそうとしか思えない。

「こういう男には甘い顔しちゃだめよ。女なんて性欲処理の道具。やり捨てよやり捨て

!!」

「リン、おまえ下品」

「アキのやってることの方がよっぽど下品でしょ！」

彼氏が浮気をしているのにまるで他人事のような女性の口調にずいぶん気丈な人だと思いつつ、詩緒もつい口を挟んでしまった。

「そうです！　リンさんの言う通りですよ！　人との付き合いを粗末にしていると、いつか神様が罰をお与えになります!!　そもそも結婚していないのに身体の関係を持つのは罪です！」

予想外の言葉だったのだろう。言い合いをしていた弓削とリンが目を見開いて詩緒を見るから、急いで弓削の手を取って握りしめた。

「弓削さん、大丈夫ですよ。犯してしまった罪を消すことはできませんが、神様はいつでも悔い改めるのを待っていてくださいます。弓削さんが赦しをいただけるように、わたしも一緒にお祈りしますから！」

「……」

「……」

弓削もリンも詩緒が突然知らない国の言葉で話し出したかのような顔をして、絶句してしまっている。

これは詩緒が神様のことを話し出すと時折返ってくる反応だったが、なぜそんな反応をされるのかいつも不思議だった。

　もちろん日本にキリスト教の信者が少ないのは知っているけれど、教え自体は常識的で正しいと感じていたから、なぜそういう反応になるのだろうと思ってしまう。

　二人の反応に途方に暮れていると、リンが優しく言った。

「あなたって……クリスチャンなの？」

「あ、はい。わかります？」

　少し恥ずかしそうな詩緒の返事に二人は納得したように力強く頷いた。

「父の方針で洗礼は受けていないんですが、牧師館で育ちました。あ、父は函館の教会で牧師をやっているんです」

「なるほどね～牧師様のお嬢さんだったの。それで神様なんて言葉がすらすら出てきたのね。悔い改める、なんてイマドキの若い子の言葉とは思えないもの」

　リンはそこで言葉を切ると、ちらりと責めるように弓削を見た。

「確かにアキは自分の行いを悔い改めた方がいいわ。なんなら彼女のお父様にお願いして懺悔でもしたら？」

「うるさい。もういいから自分の部屋に帰れよ」

　あからさまに拒絶されても気にならないのか、リンは軽く肩を竦めた。

「あら、親切に着替えを届けた親友にひどい態度。そう思わない？　ええっと、名前聞いてなかったわ。アタシは草野真凛よ。真凛って呼んでね」

弓削がぼそりと呟いた。


「あ、すみません。風間詩緒です」

真凜だから略してリンということなのだろうと頷く詩緒の横で、弓削がぼそりと呟いた。

「なにが真凜だ。倫太郎だろうが」

「えっ⁉」

「いやーっ！　やめてよ！　それは捨てたの‼　偽りのアタシだったの！　詩緒ちゃん、こいつの言うことは気にしないで、真凜って呼んでちょうだい！」

「おい、コイツ男だから騙されるなよ」

「もう！　やめてってば‼」

いつの間にか形勢が逆転して、先ほどまで居心地の悪そうだった弓削はしたり顔だ。

詩緒はしばらく二人の会話を頭の中で反復し、行き着いた答えに思わず声をあげてしまった。

「え……えええーっ⁉」

真凜は世に言う〝オネエ〟と呼ばれる人種らしい。世の中にそういう人がいるのも知っていたし偏見もないつもりだったけれど、実際に見るのは初めてだ。

先ほど女性にしては背が高いと思ったが、言われてみれば普通の女性よりもほんの少しだけ肩幅などがしっかりしているようにも見える。

怖いとかの嫌悪感はないが、あまりに驚きすぎて言葉が出てこないというのが本音だった。

「ほら、驚いてるじゃん」

「そんな」

勝ち誇ったような弓削の言葉に慌てて首を横に振る。

「あら、詩緒ちゃん。アタシみたいなタイプに会うの初めてって顔ね。まあ箱入りのお嬢様っぽいもの。もしかして怖くなっちゃった？」

悲しそうな真凜の顔に向かって、今度はブンブンと音がしそうな勢いで何度も首を横に振った。

「あ、いえ！　真凜さんとってもおきれいですし、わたしなんかより全然女らしいですし素敵です！」

「聞いた？　アキ！　今の言葉。やっぱり詩緒ちゃんっていい子ね～」

次の瞬間、詩緒の身体は見上げるほど背の高い真凜に抱きしめられていた。

「ん～かわいい！　素直だし、アタシの会社で働いて欲しいぐらいだわ！　詩緒ちゃんってなにしてるの？　学生さん？」

「わたしですか？　仕事は……」

詩緒はそこまで言い掛けて、飛び上がりそうになった。

「仕事！　わたし、仕事の途中なんです!!」

発注のトラブルで取引先に検品とお詫びに向かう途中だったことを思いだし、詩緒は慌ててバッグに飛びついた。

案の定携帯には会社から何十件もの着信履歴が残されている。マナーモードにしていたし、このトラブルでバッグから離れていたために気付くことができなかった。

「あの、ちょっと会社に連絡を入れさせてください」

上司に怒鳴られることは間違いないが、電話をしないわけにはいかない。

「わお。若いお嬢さんがイマドキガラケーなんて珍しいわね」

真凜の言葉に曖昧に頷くと、詩緒は二人に背を向けて通話ボタンを押した。

「も、もしもし風間ですが……」

『ばかやろう‼　おまえ、何時だと思ってるんだ！　俺が何度おまえの携帯に電話したかわかってるのか！　電話の使い方も知らないサルか！　おまえはっ！』

あまりの声の大きさに、腕を伸ばし耳元から携帯を離す。その距離でもバッチリ聞こえる大音量だ。

「すみません。ちょっと不測の事態がおきまして……今からすぐ先方に」

『今さら遅いんだよ！　もうとっくに別の営業が頭を下げに行った‼　仕事できないんだから先方に頭下げて怒鳴られるのがおまえの役目だろうが。そんなに仕事が嫌ならもう戻らなくていい！　二度と連絡してくるな‼』

詩緒が再び謝罪を口にしようとした瞬間、ぷつりと通話が切れてしまった。

「あ……」

とりつく島がないとはこういうことを言うのだろう。詩緒はがっくりと肩を落とした。

連絡してくるなと言ったが、それを真に受けると、さらに噴火の被害は甚大だ。覚悟を決めて、早めに謝りに行くしかない。

詩緒が肩を落として、携帯の画面を見つめていたときだった。

「おい。どんなブラック企業だよ」

「……え？」

驚いて振り返ると、真凜も心配そうに眉を寄せている。

「電話。丸聞こえだったわよ。ていうか、イマドキあんな上司いるのね」

「いや、ありえないだろ。あれは上司の叱責っていうよりただのヒステリーだ。労働基準局に連絡した方がいいんじゃないのか」

「いいんです。わたしがあまりにも仕事ができないので、いつも怒らせてしまって……それにあんなふうに怒るけど、いい人なんですよ」

「どういうふうに？　理由はどうあれ、いい大人なのに若い女の子に向かって怒鳴り散らすようなやつが、いい人とは思えないけど」

「それは……わたしが営業に向いてないからで」

真凜が心底驚いた声をあげた。

「営業⁉　詩緒ちゃん営業なの？　似合わないわ〜」

自分でも薄々気付いていたことをズバリ指摘され、詩緒は泣きたくなった。

「ちなみになんの営業してるの？」

「あ、わたしは病院や介護施設なんかで使うベッドを扱ってます。ドリームベッドっていう会社なんですけど、ご存じですか？」

「あら、大手じゃないの。アタシのベッドもそこの会社よ」

「ありがとうございます」

　詩緒は顧客である真凜に生真面目に頭を下げた。

「ベッドマットとスプリングが自由に組み合わせできるのがいいわよね。アタシ腰痛がひどいんだけど、ベッドを買い換えたら楽になって」

「そうなんです。腰の痛みってかなりスプリングとかで軽減されるんですよ。ただ安いものではないので、皆さん買い換えに躊躇（ちゅうちょ）されるんですよね」

「うんうん。そうだわ。今度アタシの友だちにもいいベッド選んでもらえないかしら？」

「もちろんです！」

「で？　似合わない仕事を選んだ理由は？」

　ベッドの話で盛り上がり一向に進まない詩緒と真凜の会話に、痺（しび）れを切らした弓削が口を開いた。

「す、すみません。理由というほどでもなく……まあ、ここしか内定をいただけなくて、一般事務になるのかと思ったら、いきなり営業に配属されちゃって」

　北海道で生まれ育った詩緒は、当然地元か道内の大学に進み、将来は牧師館の手伝いや人の役に立つ仕事に就きたいと漠然と考えていた。

しかし高校二年生の進路調査のときに父にそれを相談すると、東京の大学に行ってみないかと勧められたのだ。

宗教の中で育った詩緒は偏った考えを持ちすぎているから、外の世界を見た方がいいと言われ勧められるがまま東京の大学に進学した。

確かに狭い街の中では出会わなかった人や華やかな都会の生活に最初は目を惹かれたが、やはり最終的にはキリスト教の教えに従い地味な学生生活を送った。

弓削にも変わっていると言われたが、人とは考え方やテンポが違うようで、就職活動にはかなり苦労した。

筆記試験は合格するのだが、最終面接やグループセッションのような試験になると、必ずと言っていいほど不合格の通知をもらうことになる。

コミュニケーションが下手なのか、会社に求められる人材でないのか、周りの友だちが次々に内定をもらう中、詩緒は最後の最後まで就職を決めることができなかった。

そしてやっと内定をくれたのがドリームベッドだったのだ。

ドリームベッドはもともと海外から輸入されていたベッドを、初めて国産で生産した会社だ。近年はこの高齢化社会に対応して介護ベッドを始め、たくさんの介護用品の開発にも乗り出している。

部門としての儲けは少ないそうだが、これも社会貢献の一環だという会社の理念を聞き、自分が役立てるのならぜひ働いてみたいと思ったのだ。

ところが蓋を開ければ研修後いきなり営業に配属され、自覚はないもののどうやら周りとは違うテンポに営業部では怒鳴られてばかりの毎日だった。

「なるほど。思っていた仕事と違うって言って、若者が会社を辞めちゃう典型的なパターンね」

詩緒の話に真凜が納得したように何度も頷いた。

「そんな、辞めるつもりは……これも神様がわたしにお与えになった試練だと思います。まだまだわたしの努力が足りないだけなんです」

正直何度も辞めたいと思ったけれど、神に与えられた試練だと信じて頑張っているのだ。それに今日のことは目の前のことに気をとられ仕事を忘れていた自分の責任だった。

「わたし、要領が悪くて怒鳴られるようなことばかりしてるんです。子どもの頃から教会で母の手伝いをしていたので、お料理とかお掃除とか、それからお年寄りのお世話とかは得意なんですけど……もっと頑張らないと」

すると真凜が強い口調で言った。

「詩緒ちゃん、それおかしいから。詩緒ちゃんが失敗したのだとしても、さっきの電話みたいに怒鳴るのは異常！　ああいうのはパワハラって言うのよ」

「……パワハラ」

よくニュースで聞くキーワードだが、自分にも当てはまるのだろうか。小首を傾げる詩緒に、弓削が面倒くさそうに言った。

「リン、この子はっきり教えてやらないとわかんないと思うけど」

「そうねぇ」

　真凜は顎に手を当ててしばらく思案していたけれど、仕方なさそうに小さく溜息をついた。

「詩緒ちゃん、あなたが働いているのはブラック企業です。つうか、上司がクソよクソ!!今すぐ管理部に訴えて、精神的苦痛で慰謝料を請求できるレベル。人格否定もされちゃってるし、名誉毀損もいけるわね」

「……真凜さんって弁護士さんなんですか？」

「違うけど、イマドキそれぐらい常識よ。あんな上司の下にいたら精神的に病んじゃって鬱になるわ。最終的には自殺しちゃう話とか、聞いたことない？」

　詩緒はこっくりと頷いた。

　今までイメージしていたブラック企業はサービス残業ばかりやらされるか、逆に給料は出るけれど残業つづきで家に帰れないとか、そんな感じだ。

　ニュースで過労死や自殺の話は見ていたけれど、自分もその一人なのだろうか。

「そんな会社今すぐ辞めちまえ。なんなら知り合いの弁護士紹介してやるよ」

　弓削はそう言ってくれたけれど、さすがに今すぐというわけにはいかない。

「でも今のマンションも会社の社宅扱いで一部住宅費を支払ってくれてますし、引っ越すにしてもまだ社会人二年目で……そんなに貯金もないですし」

会社を辞めるわけにいかない以上、上司に怒鳴られるのが辛くても会社に戻るしかないのだ。

「ねえ詩緒ちゃん。もっと身近で困ってる人、助けてみたいと思わない？」

しおれた花のように肩を落とす詩緒に、真凜が突然そんなことを言った。

「はい？」

「アタシね、今とーっても困ってるの」

「真凜さんが、ですか？」

「アタシ、パーティーのプロデュースとかケータリングの会社をやってるんだけど、人手が足りないのよ。もちろんバイトの子も雇ってるけど、サービス業ってなかなか人が居着かないのよね～」

それと自分の会社となんの関係があるのだろうか。

まさか営業先を紹介してくれるとは思えないし、そもそも詩緒の営業先は介護施設やレンタル会社などで個人が対象ではない。

「でね、提案なんだけど、詩緒ちゃんアタシの会社で働いてみない？　話を聞いているかぎりあなたホスピタリティとかおもてなしの気遣いとかはバッチリ備わってると思うのよね。うちの仕事って有名企業の周年パーティー、お子様の誕生パーティーから結婚式、おじいちゃんおばあちゃんの長寿のお祝いまで幅広いの。だからあなたのそのお人好しなところ、生かせると思うんだけど。あ、住む場所ならアタシのマンション部屋が余ってるわよ。詩緒ちゃんさえよければそこに住んでもらえばいいわ」

「あの、えっと」

嬉しい申し出だが、そこまで甘えてもいいのだろうか。ほんの数時間前、偶然助けてもらった男性の部屋に来て、さらにその友人に仕事の世話をしてもらい一緒に住むなんて、かなり稀なシチュエーションだ。

「いいんじゃない？」

詩緒の迷いを読んだように弓削が言った。

「……そう、思いますか？」

「さっきも言ったけど、明日から無断欠勤したとしても裁判で勝てるぐらい君の上司は黒だ。まあその辺は弁護士に相談すればいいし。あとは君がどうしたいか。もちろんオネエとは仕事したくないって断る権利もある」

「ひどいわ！　差別よ！」

真凜が抗議の声をあげる。

「わたしが選んでも……いいんですか？」

「もちろん」

力強く頷いた弓削の唇には優しい笑みが浮かんでいて、励まされているような気持ちになる。

「わたしは……真凜さんにお世話になりたいです」

顔を上げ、真っ直ぐに弓削を見つめた。

「じゃ、決まりだな」

花がほころぶように、弓削の顔にゆっくりと笑顔が広がっていく。その柔らかで優しい表情に、詩緒の鼓動がリズムを崩しほんの少しだけ速くなる。

弓削の笑顔を見ているだけで、新しいことを始める勇気がわいてくる、そう言ったら彼は笑うだろうか。

2　汝、疑うことなかれ

――ピンポーン。

インターフォンが鳴り、真凛はモニターの画面を見つめて目を丸くした。

今日からマンションに引っ越してくる詩緒の後ろに、見知らぬ……イケメンが立っていたのだ。

「どうぞ」

詩緒の不安そうな顔に慌てて解錠のボタンを押し、玄関へと向かう。

「まさか、詩緒ちゃんたら引っ越しの挨拶代わりにイケメンプレゼントしてくれるわけじゃないわよね？」

弓削がいたら「そんなことあるわけないだろ！」と突っ込まれそうなことを呟(つぶや)いて、詩緒を出迎えるために鍵を開けた。

「詩緒ちゃん、いらっしゃーい！」

扉の前に立ったとたんに顔を出した真凛にちょっと驚きつつも、詩緒も笑顔を返す。

「真凛さん！　今日からお世話になります。よろしくおねがいします!!」

詩緒はぺこりと頭を下げた。

「今さらそういう固い挨拶はなしなし！　さ、入ってちょうだい」

「おじゃまします」

すると真凜は詩緒の前でチッチッと舌を鳴らして指を振った。

「違うわ。これからはここがあなたの家なんだから〝ただいま〟でしょ」

「はい」

真凜の優しさに、詩緒は素直に頷（うなず）いて後ろを振り返った。

「ね？　ちゃんとした人でしょ？　納得した？」

「……まあ、ね」

先ほどから詩緒の背後でスーツケースを手に立っていた男が、渋々と言った態で頷いた。

「だから俊ちゃんが心配する必要ないって何度も言ったのに」

「詩緒ちゃん、そちらどなた？」

「あ、すみません！　彼……えっと、わたしの幼なじみというか東京の兄というか……父の教会の信者さんで、芹沢俊輔（せりざわしゅんすけ）さんです」

「はじめまして、芹沢と申します。このたびは詩緒がお世話になると聞きご挨拶に伺いました」

俊輔はそういうと素早く名刺を差し出した。

「まあ、ご丁寧に……あら、四友商事にお勤めって、超エリートじゃなーい！　えー詩緒ちゃんとはどういうご関係？　もしかして彼氏⁉」

「違いますよ！　わたしが東京に出るとき両親が俊ちゃんに面倒を見て欲しいって頼んでしまって、仕方なくわたしに付き合ってくれてるんです。もう大丈夫だって何度も言ってるのに、俊ちゃん義理堅くって」

詩緒の言葉に俊輔は眉間に皺を寄せた。

「そんなことないって何度も言ってるだろ。僕はただ純粋に詩緒のことを心配してるだけだよ。詩緒は人がいいからすぐに誰でも信用するからね。前だって割のいいアルバイトを友だちに紹介されたって言って、行ってみたらキャバクラだったことがあっただろう」

「あれは……友だちに給仕の仕事で、夜の仕事だから時給がいいんだって言われたんだもの」

「あとほら、友だちにお金を貸したら、その子が行方不明になったこともあったじゃないか」

「あれは……アルバイトで学費を払ってて、財布を落としてしまって、このままじゃ学費が払えないから大学を辞めるしかないって」

「でも実際は親に学費をもらってて、それすらホストクラブで使い込んでたって話だっただろ」

「そうだけど……その時は本当に困っているように見えたんだもの」

「とにかく詩緒は危なっかしいんだ。もしなにかあったら僕は函館のご両親に顔向けできないよ」

「もう！　だから子どもじゃないんだってば！」

いつもおっとりした詩緒にしては珍しく、苛立ったように言い返したときだった。

「どうして君がそんなに温室育ちの花みたいに人を疑うことを知らないのか、なんとなくわかった気がする。みんなが君の世話を焼きすぎてるんだ」

突然背後から聞こえた声に、その場にいた三人が一斉に声のした方を見た。

「アキ、仕事終わったの？」

真凜の声にスーツ姿の弓削が頷いた。

この間助けられたときはトレーニングウエア姿だったからか、弓削がなんだか別の男性のように見えてしまう。

隣の俊輔は突然の弓削の登場に目を丸くしている。真凜の家の話しかしていなかったから、男性が現れて驚いているのかもしれない。

「俊ちゃん、こちらね」

詩緒が弓削を紹介するよりも早く、俊輔が心底驚いたように言った。

「え……まさか、ブルーモンスターの弓削!?」

「え？　俊ちゃん知ってるの？」

「当たり前だよ。サッカー日本代表のトップ下で黄金の左足って言われてた選手だ。一時期イタリアのチームでもレギュラーで活躍してたし、絶頂期で引退したって話題になったじゃないか」

珍しく昂奮（こうふん）した口調で話す俊輔に、詩緒はまじまじと弓削の顔を見つめてしまった。

そういえば俊輔は高校までサッカーをやっていたから、プロ選手にも詳しいはずだ。でもサッカーなど高校の授業程度の知識しかない詩緒には、弓削がそんなにも凄い選手だったことが想像できなかった。

「今はスポーツウエアのブランドを立ち上げて、自らモデルを務めている起業家だぞ。サッカー界のレジェンド、神様だよ。詩緒、本当に知らなかったのか？」

「神様……」

信じられないという俊輔の口調に、詩緒は小さく頷くしかなかった。

子どもの頃から、今のようにみんなが当たり前に知っていることを自分だけが知らない、ということがよくあった。

教えてもらえれば面白いと思うこともあるし、中学の頃はみんなが読む漫画や小説を買って読んだこともある。ただ、そういうものを知る環境にいなかっただけなのだ。

逆にみんなも神様のことについて知らないし、聖書を読んだことがないと言う人がほとんどで、詩緒は何度か自分が好きなこととして勧めたことがある。しかし、大抵は変わり者扱いされて友だちが離れていくことが多かった。

詩緒はそんなつもりではなかったのに、中学校のときは宗教の勧誘をする子などと呼ばれ、それなりに傷ついたこともあった。

興味の対象が違うだけなのに変わっていると言われ、俊輔に言わせると〝お人好し〟らしい。そこにつけ込まれて友だちに〝利用されている〟と何度も注意されたけれど、理由もなく人を疑うことなどできなかった。

なぜ、弓削はこんなにも親切にしてくれるのだろう。俊輔の言葉が本当なら、自分など相手にしてもらえないほどの有名人のはずだ。

詩緒に考えられるのは、この出会いもすべて神様のお導きだということぐらいだった。俊輔も喜んでいるし、結果的にはあのとき酔った男性に声をかけてよかったのだということになる。

「……じゃあ、弓削さんは俊ちゃんにとってわたしのイエス様みたいなものってことよね？」

やっとたどり着いた答えを口にしたとたん、その場にいた人はなんとも言えない複雑な表情になった。

「……」

「……」

一瞬の沈黙のあと、それを破ったのは勢いよく噴き出した弓削だった。

「や、やっぱり君、変わってるわ」

腹を抱えるわけではないけれど笑いの止まらない弓削に、詩緒はまっ赤になって抗議した。

「どうして笑うんですか！　だって神様だって言うから！」

「いや、今の会話からその答えに行き着いたのは、ある意味天才だなって思ってさ。あのさ、詩緒はそのままでいいと思うよ。できればずっと俺の仕事のことも知らないでいて欲しかったし」

笑い続ける弓削に腹を立てていた詩緒は、突然名前を呼ばれてドキリとしてしまう。今までずっと〝君〟と呼んでいたのに突然〝詩緒〟と呼び捨てにされて、おかしな気持ちになる。

「もう！　笑わないでください！」

弓削の笑顔は素敵だと思うけれど、結局はいつもと同じで変わり者であることを笑われているのだ。

まっ赤になっていると、俊輔が詩緒の肩を叩(たた)いた。

「どういういきさつで詩緒が弓削さんみたいな人と知り合ったんだ？」

俊輔には真凜の元で働くことしか説明していなかったから、詩緒は詳しい経緯を頭の中で思いうかべた。

「えーと、弓削さんは同じマンションに住んでて、実は最初にわたしを助けてくれたのは弓削さんなの。それで、真凜さんを紹介してくれて色々お仕事のお世話とかしてもらって。真凜さんが上司の暴言とかを聞いてすっごく心配してくれたの」

詩緒のザックリとした説明に、俊輔は何度も頷いた。

「僕も話を聞く限り詩緒の上司は厳しいのを通り越していると思ったし、なにより営業には向いてないと思っていたから転職はいいことだと思う」

「じゃあもう安心したでしょ？」

詩緒が少しウンザリした顔でそう口にした。

「そうじゃない。僕がついてきたのは、詩緒が会ったばかりの人の家に住んで仕事をするなんて言い出したからだ。詩緒は人を疑うことを知らないから」

「だから、ちゃんとした人たちだって話したでしょ！　わたしだって人を見る目ぐらい……」

俊輔にかかると、自分が小学生かもっと小さな判断力のない子どもにでもなった気持ちにさせられる。

もう自分のことぐらいちゃんと判断ができる大人なのに。詩緒が不満げに唇を尖らせると、弓削が俊輔に加勢するような言葉を口にした。

「俺も彼の言ってること正しいと思うけど」

「そんな」

「この間も言ったけど、簡単に人を信用しないほうがいい。リンが悪い人間で、君を水商売や風俗の店に紹介するとか、そういうこともありえるんだぞ」

「ひっどーい！　アタシがそんなことするわけないでしょ。詩緒ちゃん、アタシの会社は借金もない綺麗な会社よ。安心してちょうだい！」

「もちろんです。こんなに親切にしてくれた真凜さんを疑うなんて」

「でしょでしょ！　やっぱり詩緒ちゃん、いい子だわ〜」

「オカマが社長ってだけで十分怪しいだろ」

話を混ぜっ返そうとする弓削に詩緒と真凜がすかさず言い返す。

「そんなの差別ですよ！」

「そうよ、オカマじゃなくって、オネエって言ってよ!!」

「ええっ!?　オカマ!?」

ひとり大きな声をあげたのは俊輔で、驚愕の目で真凜を見つめている。

俊輔は男性の中でも背が高いはずの自分と同じ目線でにっこりと微笑む真凜をしばらく見つめたあと、答えを求めるように詩緒に視線を向けた。

その様子がおかしくて、詩緒は思わずクスクスと笑い出してしまった。

「そんな顔しないでよ。真凜さんは凄く気配りができるし、とっても美人だし、わたしよりよっぽど女らしいんだよ。そんな目で見ないであげて」

真凜が元男性だと知ったときはさすがに驚いたけれど、自分でも不思議なぐらいそれをすんなり受け入れていて、今はもう女友達の気分だ。

今日までの引っ越しのやりとりをメールでしたけれど、いつも女性らしい気遣いのある文章で、見習わなければならないことがたくさんあった。

「真凜さんはとっても素敵な女性なんだよ」

「詩緒ちゃーん!!」

次の瞬間、真凜が歓声をあげながら詩緒に抱き付いた。

「ま、真凜さん……ぐ、るじ……い……」

女性とは思えない力で抱きしめられ、まるでカエルが潰れたような声をあげてしまう。

「ご、ごめんね！　つい……アタシ、高校まで柔道部だったのよぉ！」

腕の力は息ができるぐらいに緩んだけれど、真凜は相変わらず詩緒を抱き締めて、長い髪に頬ずりをしている。

その光景を見ていた弓削がぽつりと呟いた。

「おい。抱き付いてるのは、俺と同じ歳のオッサンだぞ」

「もう！　だからどうしてそんなひどいこと言うんですか！」

詩緒は思わず弓削と、心配そうな視線を向ける俊輔を睨みつけた。

「とにかくわたしは真凜さんとお仕事しますから！　俊ちゃん、これからお仕事でしょ。弓削さんも自分の部屋に帰ってくださいね！」

早口でそう言い放つと、詩緒はさっと二人を閉めだしてしまった。

「やだ。詩緒ちゃん、言うときは言えるんじゃない」

玄関のドアを閉じた瞬間、詩緒に抱き付いていた腕を解いた真凜が驚いた顔で言った。

「え？」

「ほら、パワハラ上司の元で我慢してたっていうから、詩緒ちゃんってあまり強く言えないタイプなのかと思ってたのよね」

「そ、そうですか？　あ、でも俊ちゃんはお互い子どもの頃から知ってるんで、なにを言っても大丈夫って感じなんです」

「でも、アキは違うでしょ。今日で会うのは二回目ですもの」

「……」

言われてみればその通りだ。確かに今日が二度目だとは思えないぐらい気を許している気がする。

もしかすると、あのあと弓削が紹介してくれた弁護士とやりとりをして、何度も名前が出たからそんな気持ちになったのかもしれない。

会社の件は、その紹介された弁護士と一度面接をして、あとは電話やメールを何度かやりとりしているうちにあっと言う間に片が付いてしまった。

詩緒は言われたとおり会社を休み、弁護士に一任するむねをしたためただけで、しばらくして会社から給料と一緒にボーナス二回分ぐらいの金額が振り込まれた。

どんな手を使ったかはわからないけれど、送られてきた明細には特別手当と書かれていて、慰謝料という表記はなかったが弁護士はそれでいいと言った。

詩緒はそこから弁護士へ費用を払おうと考えていたのだが、いつも弓削に世話になっているから、詩緒からお金は取れないと断られてしまった。

「そうだ！　わたし、弓削さんに弁護士さんを紹介してくれたお礼言わなくちゃいけなかったのに」

かなり厳しい態度で追い返してしまったから、なんて恩知らずな女なんだろうと思ったかもしれない。

牧師の父はよく「してあげたことはすぐに忘れなさい。してもらったことは一生忘れてはいけません」と言っていたのに。

「どうしよう……」

呟いた詩緒の心配そうな顔を見て、真凜が笑いながら顔の前で手を振った。

「いいのよぉ。アキはそれぐらいで怒るような小さい男じゃないから。もし心配なら、あとでアタシの代わりに夕食届けてくれる？　その時に話をすればいいじゃない。アイツ、元スポーツ選手のくせに放っておくとデリバリーばっかりなのよ。下手すると食べるの面倒くさいとか言うんだから」

「それなら任せてください！」

詩緒は真凜の言葉にホッとして頷いた。

教会には色々な事情のある人が訪れるため、家族以外の人が食卓に座ることも多く、子どもの頃から食事作りをよく手伝っていたのだ。

「さ。じゃあ詩緒ちゃんのお部屋に案内するわね～」

ウキウキとした様子の真凜に案内されたのは十畳ほどの客用寝室だった。

「クローゼットとチェストは空にしておいたから使ってね。シーツとかベッドカバーとかアタシの好みだから、気に入らなかったら自分で交換してちょうだい」

そう言ったベッドは淡いピンク色と花柄、フリルとレースでコーディネイトされ、天井から何重にも重なったレースのカーテンが吊り下げられて、とてもロマンチックだ。

「かわいいです！　わたし、こんなお姫様みたいな部屋憧れてたんです!!」

清貧をよしとする中で育った詩緒は、愛らしい部屋の様子に感嘆の溜息を漏らした。

「あら、詩緒ちゃんもこういうの好き？　アタシたち仲良くなれそう！」

「はい。よろしくお願いします！」

詩緒は改めて頭を大きく下げ、知り合ったばかりの自分にこんなにも親切にしてくれる真凜の手伝いをしっかりとしようと心に誓った。

その日は部屋の中を案内され、引っ越しの荷物を片付けることでほとんどの時間が過ぎてしまった。

先日招かれた弓削の部屋とは上下の関係だと聞いていたが、間取りもキッチンやバスルームのデザインを除けばほとんど同じだという。

弓削の部屋はモノトーン中心でスタイリッシュという感じだったが、真凜の部屋は白をベースにしてあちこちに花柄やレースなど女らしいものが多い。

正直こんな立派なマンションに住んでいる人とは別世界過ぎて出会うこともないと思っていたが、神様のお導きに感謝しなくてはいけない。

「ちゃんとしたお仕事は明日からね」

真凜はそう言って仕事の内容や条件だけ説明してくれ、明日から少しずつ仕事にかかわることになった。

真凜の会社は元々パーティーやイベントの企画プロデュースをする会社として始まったが、今はその延長でケータリングなども手がけているそうだ。

しばらくは見習い期間として、真凜のアシスタントをするように言われていた。

「アタシは今夜取引先の方と食事だから、詩緒ちゃんは遠慮しないで先に休んでね。初日からひとりにしてもうしわけないんだけど」

カウンターキッチンの向こう側から、夕食の支度をする詩緒の手元を覗きながら真凜が言った。

今朝出迎えてくれたときはジーンズにTシャツというシンプルな出で立ちだったが、今は着替えてエレガントなワンピース姿にドレスアップしている。

夕食のメニューは豚汁と鯖の竜田揚げ、青菜の和え物にサラダだ。

「あら、美味しそう！　アタシの分もある？　どうせおじさんたちとお酒飲むだけだから、帰ってきたら食べたいわ～」

「もちろんです。ラップして冷蔵庫に入れておきますね！」

「嬉しい！　ここにアキの部屋の鍵置いておくから勝手に入ってね。アイツ、インターフォン鳴らしても無視するときあるから。それと、スマートキーで見た目はうちの部屋と同じだから、慣れるまでは間違えちゃうかも。気をつけてね。ここのマンション玄関もオートロックだから、鍵持ってないと閉め出されちゃうわよ」

「はーい」

「それと……この間のことなんだけど」

改まった真凜の口調に、詩緒は包丁を操る手を止めた。

「なんですか?」

「ほら、アキがさ、あなたをからかって壁ドンしたでしょ」

「ああ……」

詩緒は〝壁ドン〟という言葉に自然と頬が熱くなっていくのを感じた。

あのときは突然のことでびっくりして弓削の顔が近いとか、顔立ちが綺麗だと考えることしかできなかったが、男性の顔をあんなに間近で見るのは初めてで、あとになって恥ずかしくなったのだ。

これも人とはテンポがずれていることのひとつかもしれない。

「あれ本気で詩緒ちゃんになにかしようとしてたわけじゃないのよ。あのときアタシがすぐ戻ってくるってわかってたはずだし、まあちょっと怖がらせてやろうと思ったんじゃないかしら」

「怖がらせる?」

「アキじゃないけど、アタシも詩緒ちゃんのその人を簡単に信じる純粋なところ、心配になるもの。まあプレイボーイの壁ドンも詩緒ちゃんにスルーされちゃったみたいだけど。

アイツ自分になびかない女はいないと思ってるからいい気味だわ」

真凜はそう言ってひとしきりケラケラと笑うと、支度をして出かけていった。

3　汝、姦淫するなかれ

「おじゃましまーす……」

詩緒は夕食の入った保存容器を手に、玄関から控えめに呼びかけた。

いくら鍵を預かっていて自由に出入りしていいと言われていても、他人の家に勝手に入るのはなんだか後ろめたい。

しかもこの間とは違い玄関には脱ぎっぱなしになった靴が数足散乱していて、詩緒は上がりしなに手早く靴を並べ直した。

リビングがあるはずの廊下の先はしんと静まりかえっている。真凜は弓削が在宅していると言ったけれど、出かけてしまったのではないだろうか。

それなら勝手に入らない方がいい。リビングの扉に手をかけ、詩緒が躊躇したときだった。

「リンか？」

気配を感じたのだろう。弓削の声がしたので、詩緒はホッとして扉を押した。

「いいえ、詩緒です。勝手に入ってきてごめんなさい。真凜さんに夕食を届けるように言われて……」

詩緒はそこまで口にして、何も言えなくなった。

前回はきちんと片付けられていたはずの部屋が、一目でわかるほど荒れていたのだ。

ソファーやカウンターテーブルの前のスツールには脱いだ服や靴下が無造作に引っかかっていて、アイランドキッチンのシンクには夥しい数の空のペットボトルやビールの空き缶が並んでいる。

カウンターにはデリバリーと思われるピザの空き箱やプラスティック容器が乱雑に置かれていた。

前回とのあまりのギャップにとっさに言葉が出てこない。

「どうした?」

リビングの入り口で立ちすくむ詩緒に、洋服が散乱したソファーの隙間に座って書類を読んでいた弓削が不審そうな目を向けた。

「……あの、この間より……ものが多いなって」

さすがに散らかっているというのは失礼な気がして言葉を濁すと、弓削が笑い出した。

「散らかってるって言いたいんだろ。俺もわかってる。でも片付けが苦手なんだ。前は定期的にハウスクリーニングの業者を入れてたんだけど、どこで調べたのかそのスタッフにファンが紛れ込んでさ、ストーカー騒ぎに発展したんで頼むのをやめたんだ。今はたまに見かねたリンが掃除してくれてて、前に君が来たときはその掃除の直後。デフォルトはこんなもんだ」

「はあ」

弓削はなんでもないことのように言ったけれど、これが日常というのはさすがに身体によくない気がする。

日々ジョギングをしたり家でも身体を鍛えているのに、食事がデリバリーばかりでは身体にいいはずがない。

「……弓削さんってスポーツ選手だったんですよね？」

詩緒の質問に弓削はおや、という顔でほんの少し眉を上げた。

「そう、サッカー選手。なに？　俺のプライベートに興味が出てきちゃった？」

からかうような口調に詩緒はきっぱりと首を横に振る。

「違いますよ。選手時代の食事はどうしてたのかなって。食事制限とかあったんじゃないんですか？」

そのとき弓削が少しだけがっかりしたように見えたけれど、気のせいだろうか。

「……まあそれなりに。さすがに選手の頃はデリバリーは少なかったよ」

では誰かが食事の世話をしていたのだろう。ファンがマンションに潜り込んでくるほど女性にモテるようだから、付き合っている女性が食事の世話をしていたのかもしれない。

だとするとこの部屋の惨状から、今は彼女がいないということになる。

彼氏の部屋に知らない女が出入りしていたら、その人だって相当嫌な気持ちになるはずだ。一応確認はしておいた方がいいのではないだろうか。

鍵を預かるのはいいけれど、彼女が遊びに来ているときに鉢合わせしてしまっては困る。

「詩緒？　さっきからなに考え込んでるの？」

突然、しかも呼び捨てで名前を呼ばれ、詩緒の心臓がドキリと音を立てた。

「あの、えっと」

頭の中で考えていたのだから、彼のプライベートを詮索していたのだと気付かれるはずがない。しかし嘘のつけない詩緒は、思っていたことを口にしてしまった。

「弓削さん、彼女いないのかなって」

「ふーん。やっぱり俺に興味があるんじゃん」

「違いますってば！」

「要するに俺が選手時代、彼女に食事の世話をしてもらってたんじゃないかと勘ぐってるわけだ。うーん。今の黙り込んでた時間の長さからすると、今は彼女はいないのかな？　勝手に入っていいのかしら、ってところ？」

「すごーい！　弓削さんどうしてわかるんですか？」

まるで頭の中の声が聞こえていたかのように詩緒の考えを口にする弓削に、思わず感嘆の声をあげてしまう。

すると、その様子を見た弓削がプッと噴き出し、声を立てて笑った。

「詩緒。君、全部顔に出てるから」

なおも笑い続ける弓削にかぁっと頬が熱くなっていく。

「そ、そんなことあるわけないじゃないですか！」

「俺にはすごくわかりやすかったけど」

「も、もう……っ。と、とりあえずキッチン片付けますね……っ！」

弓削の言うことが本当なら、これ以上顔をみられたくない。そう思ってシンクの前に立ったのに、対面型のキッチンはソファーでニヤニヤとこちらを見つめる弓削と、バッチリと眼が合ってしまう。

「……っ！」

弓削と話をしていると、なんだかペースを乱されるというか、自分が自分でなくなるような気がする。

俊輔以外の男性とこんなふうに他愛もないやりとりをしたのは初めてで、真凜にも言われたが、どうして弓削にはこんなにぽんぽんと言い返すことができるのか自分でも不思議だった。

それにこうして弓削に見つめられているとドキドキして、シンクの中のペットボトルを集める手が震えてしまうのだ。

あまりの居たたまれなさに我慢できなくなった詩緒は、弓削に向かって叫んでいた。

「こ、こっち見ないでください……っ」

「はいはい」

子どものわがままのような言い分なのに、弓削は笑いながら頷いて手元の書類に視線を落とした。

詩緒はホッとして手早く片付け始める。ペットボトルと缶を洗って、ゴミ捨て場に出すためにに分別する。それから生ゴミをひとまとめにして燃えるゴミの袋に入れると、手早くキッチン回りを拭き上げた。

ゴミが散乱していたから散らかっているように見えたけれど、ゴミの量自体は少ないから、真凜がこまめに捨てていたのだろう。

いったん冷蔵庫に避難させていた料理を取りだしていると、弓削の携帯が鳴った。すぐに出るのだろうと思っていたのに、弓削はテーブルの上にある携帯をチラリと見ただけで、また視線を書類に戻してしまう。

詩緒は不思議に思って携帯を覗き込みながら尋ねた。

「携帯、出ないんですか？」

ディスプレイには〝ナナ〟という女性の名前が表示されている。

「無視していいよ。その子しつこいんだ」

「……」

もしかして、真凜の言う弓削にアプローチをしてくる女性のひとりだろうか。そう思っていると電子音が止み、ほんの数秒してふたたび呼び出し音が鳴り響く。

「……はぁ」

弓削は溜息をつくと、少し苛立ったように手にしていた書類をテーブルの上に放り立ちあがった。

「ごめんね。うるさくて」

「あ、いえ」

こういう場合どう返せばいいのかと思っているうちに電子音が消え、弓削がホッとしたように詩緒を見た。

「あ、えっと……」

「気になる？　電話の相手」

「……べ、別に」

別に弓削がどんな女性と付き合っていようと自分には関係ない。本当はそういう付き合い方はよくないとか、本当の愛について説明をしたいところだが、また変わっていると言われるだけだ。

「えっと……ゆ、弓削さん、お食事もう召し上がります？」

「もう片付いたの？」

詩緒の呼びかけに弓削が眉を上げてキッチンを覗き込んだ。

「すげえ。詩緒、家事能力高いって言われない？」

磨き上げられたキッチンを見た弓削に、尊敬の眼差しを向けられて悪い気はしない。

「ふ、普通ですよ。それより、お仕事一段落してるならお夕食温めて器に盛り付けましょうか」

「サンキュ」

「どこで召し上がりますか？」

「ここでいいよ。あっちは片付けるの面倒だから」

カウンターを見つめる目線に、詩緒はいそいそと先ほど吊り戸棚の中から見つけたランチョンマットを敷き箸を並べた。

「へえ。うまそう。リンが豚汁なんて珍しいな」

「あ、今日はわたしが作りました。和食は得意な方なんですけど」

考えてみれば、俊輔の話によれば弓削は大スターのようだし、こんなに立派なマンションに住んでいるのだから、食事のレベルだって一般人とは違うだろう。メニューが庶民的すぎたかもしれない。

「いただきます」

行儀よく手を合わせ豚汁に箸をつけるのを見ていたら、なんとなくそわそわしてしまう。味見はしたけれど、口に合うだろうか。

これまでも教会に来た信者さんに食事を振る舞ったことが何度もあるのに、どうして相手が弓削だとこんなに不安に感じるのだろう。

「すみません。あんまり洒落たお料理じゃなくて。お口に合わなかったら」

ついいいわけを口にすると、弓削は豚汁を一口飲んだあとカウンター越しに詩緒を見つめた。

「どうして？　詩緒はもっと自分に自信持っていいよ。これメチャクチャ旨いからさ」

「……ホ、ホントですか……？」

弓削はお世辞を言うタイプではない。今までの態度を見ていればなんとなくわかる。でも彼は優しいから、詩緒の気を引き立てようとしてくれているのではないかとも考えてしまう。

「ホントだって。ついでに言っておくと、俺は和食派だから。でもデリバリーって和食が少ないんだ。あっても寿司とかうどんとかだし。やっぱ日本人は味噌だよな。染みるわ〜」

もう一口啜ると、弓削の唇に満足そうな笑みが広がった。

「はい！　おかわりもありますよ！」

「リンの分は？　アイツもこういうの好きだろ」

「帰ったら食べるから取っておくようにって言われてます。あの、弓削さんと真凜さんってどういう知り合いなんですか？」

最初に紹介されたときから弓削と真凜の関係が不思議だったのだ。

第一印象は二人が恋人同士だと思ったけれど、真凜がオネエだと聞かされとにかく驚いた。

それから改めてふたりのやりとりを見ていると、真凜が手のかかる弟を、つまり弓削を世話しているように見える。

「なんだか男友達みたいですよね」

詩緒の言葉に弓削が頷いた。

「そ。最初は男友達だったの。詩緒は忘れてるみたいだけど、アイツ俺と同じ三十一歳のオッサンだぞ」

「オッサンって、弓削さんもオッサンに見えませんから」

初めて会ったときも思ったけれど、身体を鍛えているからか、弓削はすらりとしていてしなやかで敏捷(びんしょう)な動きをする野生動物みたいに見える。

今まで男性の容姿を気をつけて見ることはなかったが、そんな詩緒でも弓削はその辺にいる男性とは区別して見てしまう。

「俺たち中高一貫の男子校で知り合ったんだ。スポーツに力を入れている学校で、野球部は甲子園の常連でさ」

懐かしそうに語る弓削の顔は楽しげで、詩緒もカウンター越しに身を乗り出して耳を傾ける。

「弓削さんはもちろんサッカー部ですよね。あ、真凜さんはたしか」

「そう。リンは柔道部」

「うーん。やっぱり想像できませんね」

今の女らしい真凜とのギャップがありすぎる。サッカー部のマネージャーとでも言われた方が納得できるのに。

「詐欺だよな。アイツかなりがたいがよくて、次のオリンピックは確実だって言われてたんだ。でもさ、ある日突然柔道をやめて、附属の大学に進学するころには女になってたってわけ。今度こっそり写真見せてやるよ」

スポーツに興味のない詩緒でも、オリンピックレベルの選手がどのぐらい凄いかは想像できる。

あのアスリートの身体を今のスタイルにまでするのにどれだけ努力したのかを考えると、真凜の女性への思い入れの強さがわかる気がした。

「きっかけってなんだったんですかね」

「あー……恋、じゃね」

「そ、それって親友の弓削さんに恋しちゃった、とか？」

真凜の話では弓削は女性にモテると言っていたから、高校生の弓削を好きになったというのも有り得ない話ではない。

思わず期待の眼差しを向けると、弓削は小さく肩を竦(すく)めた。

「俺じゃないって。なに期待してんだよ。相手は柔道部のコーチらしいけど、まあ初恋は叶(かな)わないってやつだな」

「……初恋」

ふと、弓削の初恋はいつだろうという質問が頭の中に現れて、詩緒はそんなことを考えた自分に驚いた。

今は弓削と真凜の出会いのことを聞かせてもらっていたのに。

「せ、性別が変わってもずっと友だちって凄いですね」

「ま、腐れ縁だな。ん、これなに？」

小鉢に盛り付けた青菜を口に運んだ弓削がほんの少し目を見開く。

「うまい」

「あ、三つ葉のおひたしに鶏ささみの酒蒸しをほぐして加えました。わさび醤油で和えてるんですけど、わさび苦手でした？」

「いや、うまいよ。俺、こういう辛みが効いてるの好き」

子どものように笑ってふたたび青菜を口に運ぶ弓削の姿に、詩緒の胸の奥がざわついた。

この感覚はなんだろう。弓削を見ていると頻繁にそわそわ、ザワザワとした気持ちになってしまうのだ。

ふと視線を感じて、慌てて口を開いた。

「よ、よかったです。あの、苦手なものはありますか」

「あー酢のもの……つうか、酸っぱいもの全般？」

言葉にしただけなのに、いかにも酸っぱそうな顔をする弓削に思わず笑ってしまう。今日はなんだか弓削がかわいく見えてしまうのが不思議だ。

「そういう男性多いですよね」

するとと、弓削は眉を上げて顔を傾けた。

「へえ。詩緒は多いって言えるほど、男に料理振る舞ってるんだ？」

「……え？　ど、どうしてそうなるんですか！　実家の教会に訪ねていらした信者さんとお食事をすることが多かったからですよ！」

途中からからかわれていると気付いたけれど、つい慌てていいわけをしてしまった。

「もう！　今お茶入れますね」

プイッと顔を背けると、戸棚から発掘した緑茶のティーバッグを取り出した。茶器は揃っていたけれど、面倒だから使わないのだろう。

手早くお茶を淹れカウンターに出す頃には、弓削も食事を終えていた。

「ごちそうさまでした」

行儀よく手を合わせる弓削は、やはり子どものようでかわいい。今まで男性をそんな目線で見たことがなかった詩緒は、弓削のかわいいところばかりに気付いてしまう自分に驚いていた。

「詩緒はさ、やっぱり営業よりサービス業が向いてるよ」

お茶を一口啜った弓削がカウンターの中の詩緒を見つめた。

「介護……は、お人好しすぎてオッサンたちにつけ込まれそうだな。やっぱ飲食とか家事代行とかか。それだって人の役に立つ仕事だろ」

「え？」

「どうせ就職活動をするとき、仕事をするのなら誰かの役に立つ仕事がしたい、とかなんとか思ったんだろ？」

「どうしてわかるんですか？」

「いや、わからないの君だけだよ。とにかく、人の役に立つ仕事は色々あるってこと。会社、円満退社できたんだろ？」

「あ、はい」

そうだ。弁護士を紹介してもらったお礼を言おうと思っていたのに、また忘れてしまっている。

「あの、弁護士さんを紹介してくださってありがとうございました。何から何までやってもらって、お金もお給料よりもたくさん振り込まれてて」

弓削や真凜に指摘されるまで自分がパワハラを受けていたのだと気付かなかったけれど、会社に行かなくてよくなった途端、自分でも驚くぐらい気持ちが軽くなった。

頭の上に重石を乗せられていたのがなくなったような、肩にかけていた重い荷物をおろしたときのような、そんな開放感だった。

「あの、いろいろお世話になったので、是非お礼をしたいんですけど」

とは言っても具体的にどうすればいいのかわからなかった。

現金を包むのは失礼だし、プレゼントをと考えても弓削がどんなものを好むのかよくわからない。それにこんな立派なマンションに住んで会社を経営しているのなら、本当に欲しいものは自分で手に入れているだろう。

「なにか欲しいものとかあります？　あ、お食事とかどうですか？」

「いいって。俺が勝手にやってるんだから」

「そんな。それじゃわたしの気持ちが収まりません！」

「だから、そういうのを期待してたんじゃないって。そうだな、詩緒風に言うなら〝善きサマリア人〟ってところだ」

「隣人愛……弓削さん、聖書を読んだことがあるんですか？」

〝善きサマリア人〟は聖書の中でも有名な話で、詩緒も教会の説話で何度も聞いた。

あるユダヤ人が旅の途中で強盗に襲われ、瀕死の重傷を負ってしまう。みんなが見て見ぬふりをして立ち去るのだが、ユダヤ人が日頃とても軽蔑しているサマリア人だけが傷の手当をしてくれる。宿屋に連れて行き「費用は自分が持つからこの人を看病して欲しい」と頼むのだ。

　これには色々な解釈があって困っている人を助けなさいという意味であったり、自分を迫害する人でも愛しなさいという意味であったり、説話によって変わってくる。

　この話を知っているということは、少なからず聖書に触れたことがあるということだ。

「ああ、言ってなかったな。俺とリンの学校、ミッション系の男子校だったんだ。だから聖書の時間とかで聞いたのをちょっと覚えてただけ」

「素晴らしいです」

　ミッションスクールといっても信者である必要はないから、大抵は卒業すると忘れてしまう人が多いらしい。要するにたまたま経営母体がミッション系だったというだけで、信仰は自由なのだ。

善きサマリア人の話は、こうして自然とでてくるほど弓削の中にぴったりとはまり、刻まれていたのだろう。

詩緒はこの例えを口にした弓削に尊敬の眼差しを向けてしまう。

「そんな期待に満ちた目で見るなって。いつもはほとんど寝てたんだから、それ以上聞くなよ？　詩緒みたいに誰にでも愛を分け与えることなんてできないからさ」

そう言った弓削はなんだか照れているようで、その顔を見ているとまた胸の奥がざわついてしまう。

余裕のある大人の男性に見えていた弓削を、またかわいいと感じている。

「というわけで、お礼の必要はなし」

「そ、それとこれとは違います！　弓削さんはわたしにとっても隣人なんですから！」

詩緒の叫びに、弓削は呆れたように小さく肩を竦めた。

「結構頑固だね。普通の女の子なら素直にラッキーと思ってそれで話が終わるのに」

チクリ。胸の奥に小さな痛みが走ったような気がして、詩緒は無意識に片手で胸の辺りを押さえた。

まるで詩緒が他の女の子たちに比べて素直ではなく、かわいくないと言われているようだ。

昔から変わっているとか、他の子と違うと言われ続けすっかり慣れていたはずの言葉が、弓削に言われると悲しくなる。

さっき電話をかけてきた〝ナナ〟という人だったら、もっと弓削が喜ぶような答え方をするのだろうか。

「すみません、素直じゃなくて」

何気なく言ったつもりだったのに、つっけんどんな言い方に自分でもギョッとする。弓削の方がもっと驚いたようで、目を丸くして詩緒を見つめたあとクスリと笑いを漏らした。

「詩緒は素直だよ。じゃあ、そんなに言うなら週に一、二回掃除しに来いよ。リンのところの仕事が忙しかったらそっち優先でいいから、気が向いたときに片付けをしてくれるとすごく助かる」

「それならお安いご用です！　わたしお掃除は好きなんです。早速この辺り片付けちゃってもいいですか？」

張り切って片付けを始めようとする詩緒に、弓削はなぜか呆れたように溜息を漏らした。

「ほら、そういうところが素直なんだよ」

「え？」

「あっさり受け入れちゃってるけど、俺、男の独り暮らしだってわかってる？」

挑発するような口調に、詩緒は最初に会ったときに注意されたことを思い出した。でも今は弓削は知らない男性ではないから、あのときの条件に当てはまらないはずだ。

「独身男の部屋に若い女の子が出入りするって問題あると思わない？　少しは罠じゃないかな〜とか疑わないと」

「だって弓削さんはいい人じゃないですか。今だってお礼はいらないって言うし、自分で善きサマリア人だって言ってる人を疑えませんよ」

　詩緒は床に散らばった雑誌を拾い上げながら笑った。

　そもそも悪い人は弓削のように自分は悪いやつだから信用するななんて言ったりしない。

「詩緒はさ、やっぱり聖書の教えは絶対だって思ってる？」

「うーん。守りたいって思ってますけど、ついズルをしてしまうこともありますね。それはわたしがサタンの誘惑に負けたってことで、子どもの頃から何度も後悔して、何度も懺悔してますよ」

「じゃあさ、男と付き合うのは禁止？　セックスは？」

「せ……っ⁉」

　詩緒にとって馴染みのない言葉に、思わず手にしていた雑誌をぼとぼとと床に落としてしまった。

「な、なんてこと言うんですか！　お互いを理解し合うために交際することはかまわないですが、キ……キスとかそれ以上のかっ……身体の関係は結婚するまでダメです！　身体の関係から得る喜びは真に結ばれた男女だけに与えられる祝福なんですよ」

「でもさ、イマドキそんなこと理解してくれる男なんてほとんどいないんじゃない？　みんな好きになって両思いになったら、お互いに触れたいって思うものだろ。詩緒はそういう気持ちになったことない？」

「そ、そういうことこそ話し合って解決しないと。お互いを理解するのが大切なんです！それにわたしは大丈夫です！　結婚するまでそういう関係にはならないって決めてますから！」

最後は自信たっぷりに言い切る詩緒に、弓削の目が細められ鼻梁に微かな皺が寄る。

なにかを企むような顔つきに、自分の答えに満足してふたたび雑誌を拾い上げた詩緒は気付かなかった。

「ふーん。本気で男に誘惑されたらそんなこと言っていられないと思うけど」

「大丈夫ですってば。誘惑に負けなければいいんです。それが聖書の教えなんですから。それに結婚は神様によって決められるものなんですよ。神様がふさわしい人と引き合わせてくれるんです。きっとその人はわたしと同じ価値観を持った人なんですよ」

子どもの頃から父に運命の人に出会えばわかるから心配しなくていいと言われたことを、今もそうであると信じていた。

「ちなみに、男女の間には言葉では伝わらないことがあるって知ってる？」

「……そんなこと……」

弓削にそんなふうに言われると、不安になる。今まで聖書を信じていればいいと思っていたのに、神様の言葉以外の、別の世界が垣間見えるような気がするのだ。

真凜は弓削のことをプレイボーイだと言っていたけれど、そういう経験も豊富だからこんなにも自信たっぷりに言えるのだろうか。

「教えて欲しい？」

唇になんとも言えない色気を滲ませた弓削の微笑みに、詩緒は思わず頷いてしまった。あとになってそれは悪魔の微笑みだと気付くのだが、その時は魅力的に見えてしまったのだ。

「そうだな……ちょっと来て」

手招きをされ素直にそばに行く。すると弓削は秘密を打ち明けるときのように声をひそめた。

「もっとこっち」

声が聞こえるように顔を寄せると、それを待っていたかのように弓削の顔が近付いてきて、声をあげる間もなく唇になにかが触れた。

「え……な、に……」

柔らかな刺激に瞳を見開くと、微かに弓削が笑う気配がした。

「キス、初めて？」

「……は、い……」

驚きすぎて反射的に頷いたけれど、今の柔らかい感触が弓削の唇だったのだろうか。

なぜキスをしたのだろう。怒るよりも先にそう考えた次の瞬間、今度は伸びてきた腕で

後頭部を引き寄せられ、しっかりと唇が押し付けられていた。

「んっ……ゆ、げ……ん……っ」

開いた唇から温かなものが滑り込み、そのなんとも言えない刺激に身体が反応して、背筋がぶるりと震える。

「や……ン……」

突然のキスに驚いている間に身体ごと引き寄せられ、気付いたときには弓削の膝の上に横向きに座らされていた。

「だ、め……や……」

そう言いながらヌルヌルと擦り付けられる舌の刺激に身体から力が抜け落ちてしまう。柔らかな泥の中にずぶずぶと沈みこんでいくような感覚に、無意識に腕を伸ばし弓削のTシャツにしがみつく。するとさらに強く抱き寄せられ、舌の動きが大胆になった。

「ふ……んぅ……ぁ……」

鼻から抜けるような声は自分のものとは思えないぐらいか細く、甘ったるいものとして耳に届く。弓削はその声すら楽しむように詩緒の唇や舌を何度も吸いあげた。

自分よりも熱い弓削の体温が移って、身体だけでなく頭の中まで沸騰したようにジンジンと痺(しび)れてしまいなにも考えられない。

このままでは気を失ってしまう——詩緒の身体がぐらりと揺れた瞬間、弓削の広い胸に頭を引き寄せられ、シャツに頬を押しつけられていた。

「……はぁ……っ……」

自分の唇から漏れた悩ましげな吐息にドキリとする。まるで今のキスに酔っているみたいだ。

すると詩緒の考えを読んだかのようなタイミングで、弓削が耳元で囁いた。

「気持ちよかっただろ」

いつもより掠れた声にドキリとして顔を上げると、皮肉げな笑みを浮かべて見下ろす弓削と視線がぶつかった。

甘く誘うように揺れる眼差しに意識を絡め取られ、言葉が出てこない。

弓削はこんなふうに笑う人だったのだろうか。そしてこの眼差しを他の女性にも向けているのだろうか。

「……」

「わかった？　これが言葉では伝わらないこと」

長い指で唇の輪郭をなぞられ、詩緒はその甘美な刺激に弓削の膝の上から飛び降りた。

「あ、悪魔の誘惑です!!　イブはきっとこんなふうに悪魔に誘惑されたんです!!　どうしよう。わたし、禁断の実を食べてしまいました!!」

信じられない。ほんの少し前に自分は誘惑には負けないし、聖書の教えを守ると言ったばかりなのに、簡単に弓削の腕の中に抱かれていた。

常々なぜイブは悪魔の囁きに耳を傾け禁断の実を口にしてしまったのか不思議でならな

かったけれど、きっと悪魔は弓削のように魅力的だったに違いない。

「悪魔って俺のこと？」

「それ以外誰がいるんですかっ！」

思わず叫ぶと、弓削は声をあげて笑い出した。

「もうっ！　どうして笑うんですか！　自分の行動を反省してくださいっ！」

必死になればなるほど弓削の顔に満足げな笑みが広がっていくことに気付かない詩緒は、恥ずかしさに消えてしまいたい気分だった。

4　誘惑と罪

フロアワイパーを使ってソファーの下を掃除していた詩緒は、背後に人の気配を感じて立ちあがった。

すると予想通りの人物が立っていて、慌てて手にしていたワイパーの先端を弓削に突きつけ距離を取る。

「それ以上近付かないでください！」

「なんだよ、それ。なんもしないって」

弓削は笑いながら両手をあげて降参のポーズをしたけれど、すでに弓削のその笑いが一番危険なことを学んでいる詩緒は、ワイパーを下ろそうとはしなかった。

「弓削さんは信用できないので、半径一メートル以上は近付いちゃダメです！」

「信用できないって……俺、そんなに詩緒に嫌われるようなことした？」

「したじゃないですか！　キ、キス……なんて、破廉恥なこと……っ」

そう口にしただけで、恥ずかしくて赤くなってしまう。弓削の顔を見るとあのときのキスや、抱き締められた腕の感触を思い出してしまうのだ。

仕事中はまだましだが、掃除や料理など考えごとをしていてもできる作業のときは最悪で、忘れなければと思うのに、気付くと勝手に弓削とのキスの記憶を辿っていることがある。

弓削とのキスはまるで罪の刻印であるかのように詩緒の記憶に刻み付いてしまった。

恐るべき悪魔の誘惑に日々悩まされているとは絶対に口にできない。

聖書にも、誘惑をされる人はそれぞれ自分の欲に引かれ、おびき寄せられて誘惑されると書いてある。

つまりは弓削に近付かないことが一番で、こうして二度と間違いが起きないように気をつけているのだ。

「キスして欲しいって頼まれることはあるけど、拒まれたのは初めてだな」

まるでいつも女性にキスをしているような言葉に、胸の奥がザワザワする。

「いつも女性にこんなことしてるんですか？　破廉恥です！　悔い改めてくださいっ！」

こうして何度きつい言葉を投げつけても、弓削は怯むことはない。それどころか、詩緒が怒れば怒るほど楽しそうな顔をする。

「悔い改めるから、その前にもう一回してみない？」

「しません！　とにかく近付くのは禁止ですからね！」

「はははっ」

弓削は詩緒がむくれて口を噤んでしまうまで笑い続けた。

「そんな顔するなって。詩緒ちゃーん」

「……」

詩緒がむくれたままキッチンに入っていくと、ついてくるのを諦めたのか、弓削がカウンター越しに身を乗り出してきた。

「今夜の俺のメシは？　作ってくれたんだろ？」

「……鶏肉のソテートマトソースがけです」

「お。うまそう！　トマトソース好きだな〜」

機嫌を取るような猫なで声に、詩緒はプイッと顔を背けた。

「冷蔵庫に入れてありますから、自分で温めて食べてくださいね」

「ええっ」

「まさか、電子レンジぐらい使えますよね？」

弓削があげた声に、詩緒は疑いの眼差しを向けてしまった。

この部屋を掃除したり、真凜の代わりに食事を届けるようになってわかったのだが、想像していた以上に弓削は家事全般の能力が低い、というかほとんど皆無だった。

脱いだら脱ぎっぱなし、出したら出しっぱなし、もちろん食べたら食べっぱなしというタイプで、詩緒の足が三日も遠のけば、シンクの中はペットボトルやらビールの缶でいっぱいになる。

幸い洗濯物は指定の袋に入れて一階のコンシェルジュに頼めば、クリーニングに出して部屋まで届けてくれるが、部屋の中というとそうはいかない。

ストーカー騒ぎがあるまではハウスクリーニングの業者が入っていたそうだが、この家事能力でそれを断ったのは無謀すぎる。

弓削は真凜が勝手に世話を焼いていると思っているようだが、あまりのゴミ屋敷っぷりを見かねて手を出しているという方が正しいだろう。

家事をするのは苦にならないが、これは弓削のためにならないのではと心配になる。でもこうしてかまわれるのは嫌ではなく、つい部屋に顔を出し世話を焼いてしまうのだった。

「電子レンジは使えるけどさ、今のは夕食まで詩緒が一緒にいてくれないことへの不満なんだけど。詩緒は隣人に冷たいな～」

カウンターの上で頬杖(ほおづえ)をつく弓削は、拗(す)ねた子どものようでカワイイ。一人で食事を食べたくないなんて、案外寂しがり屋なところがあるのかもしれない。

「わたしは隣人には親切ですよ。でも今日はケータリングのお手伝いに行くことになってるんです。バイトさんが一人体調を崩しちゃって、他のスタッフも捕まらないみたいで、真凜さん困ってたから」

「なんだ、仕事か。じゃあ仕方ないな」

拗ねていたはずの弓削が思いの外あっさりと頷(うなず)いた。

（え？　それだけ？）

さっきまで子どもが母親にまとわりつくみたいに詩緒のあとを付いて歩いていたから、

もっとごねるのではないかと思っていたのだ。

あまりにもあっさり引き下がられて、なんだか詩緒の方ががっかりしてしまう。

「それで仕事には慣れた？」

ふたたびカウンター越しに声をかけられ、詩緒はホッとする自分に戸惑いながら頷いた。

「わからないことばかりですけど、真凜さんや他のスタッフさんが優しく教えてくれるから楽しいです。パーティーの企画やケータリングなんて華やかな業界でやっていけるのか不安だったんですけど、お客様の要望を伺ったり、喜んでもらえる企画を考えるのはワクワクします」

働き出すまでは、都会でわざわざプロにプロデュースしてもらうパーティーなんて、とにかくゴージャスなものというイメージだった。

例えばホテルのスイートを貸し切ってシャンパンで乾杯してキャビアを食べるとか。身近なパーティーと言えば日曜学校で月に一回行うお誕生日会ぐらいだった詩緒にはそんな想像しかできなかった。

でも実際にはクライアントの希望を聞いて、どうすれば喜んでもらえるのかみんなで知恵を絞り、苦労した分だけクライアントの笑顔を見て充実感を得ることができる素晴らしい仕事だった。

先日も真凜の打ち合わせに同行したのだが、そのクライアントの依頼は祖母の米寿のお祝いだった。

孫が二十人、ひ孫も十人いるという大家族で、その両親や親戚も加えたら五十人は集まるパーティーのプロデュースを頼まれたのだ。

クライアントの家を使ってアットホームにしたいと言うことで、真凜には詩緒もアイディアを出すようにと言われたばかりだった。

「楽しいならよかった。リンならパワハラはしないだろうから」

ホッとした顔の弓削を見て、詩緒はつい言ってしまった。

「弓削さんって……お兄さんみたいですね」

「は?」

「最初に会ったときもわたしを助けてくれたし、元上司のパワハラを心配してくれたし、今だってわたしがちゃんと働けているか心配してくれたんでしょ?」

詩緒の言葉を聞いていた弓削は、がっかりしたように大きな溜息(ためいき)をついた。

「……なんですか?」

「詩緒はもう少し男心を学んだ方がいい」

「……え? どういう意味ですか?」

首を傾げた詩緒を見て、弓削はなぜか思わせぶりにニヤリと笑う。

「答えは宿題。ほら、仕事ならそろそろ行かないと」

「ええっ⁉」

詩緒が食い下がっても弓削は答えを教えてくれず、部屋から追い出されてしまった。

男の人は不思議だ。頼れる年上の兄のようだったり、手のかかる弟のようだったり、それにとっても魅力的な恋人にも、悪魔にも見えるときがある。

いつもさっきのように兄みたいに接してくれれば、ドキドキしないで落ち着いて過ごせるのにと思ってしまう。

***　***　***

彼に男心を学べと言われたけれど、どういう意味だろう。

詩緒は目の前を通り過ぎていくバニーガールの女の子を見つめながら考えた。

今夜のケータリングの会場は、六本木のタワーマンションのパーティールームで、ウエイトレスとしてバニーガールの女の子が数人呼ばれていた。

会場でその女の子を見た瞬間、まさか自分も同じ格好をしなければいけないのかと怯んだけれど、真凜が手渡してきたのはまったく違う制服だった。

膝丈のタイトスカートにウエストを絞ったベスト、それに赤い蝶ネクタイという姿はバーテンダーの男性とお揃いで、仕事内容もバーカウンター内でひたすら飲み物を作る仕事だった。

お客様にお出しするものは決まっていて、カウンター内で作ったものをバニーガールたちが運んでいく。直接カウンターにオーダーしに来る客もいたが、複雑なオーダーは専門のバーテンダーの岩田が作ってくれたから、詩緒はナプキンを添え笑顔で飲み物を手渡すだけでよかった。

「詩緒ちゃーん。お疲れさま」

パーティーが終わり、カウンターの中で使い終わった食器やグラスを洗っていた詩緒が顔を上げると、エレガントなワンピース姿の真凜が立っていた。

今日はホステスとしてパーティーの接客をしていたのだ。

「真凜さん、お疲れさまです」

「今日は助かったわ～詩緒ちゃん人当たりがいいから。それに今日はご年配の人が多かったから、詩緒ちゃんみたいな若い子はいるだけで喜ばれるの」

「邪魔になってなければいいんですけど」

チラリとバーテンダーの岩田に視線を向けると、笑顔で親指を立ててくれた。

「彼女、おじさまたちに人気でしたよ。名刺ももらってたし」

「あら、そうなの？」

「真面目だから軽口にもいちいちちゃんと返事しちゃうでしょ。お酒も入ってるし、グラス受けとるふりして手を握るやつもいたし。まあホントにヤバイやつは僕が声かけましたけど、バニーなんて着てたら大変なことになってましたよ。社長、こんな初心な子どこから見つけてきたんです？」

「うふふ～秘密よ、ヒ・ミ・ツ。岩ちゃん、かわいいからって手を出しちゃダメよ。詩緒ちゃんは売約済みだから」

「わかってますって。社長のお気に入りに手を出すなんてバカなことはしませんよ。じゃあ、僕これ車に運んじゃいますね」

「お願いね」

ケータリングにも色々な種類があって、最初から会場に準備されたグラスや食器を使う場合やこちらで準備したものを会場に持ち込む場合、料理のみをサービスするなど、様々なクライアントの要望に対応する。

今回はパーティールームに備え付けの食器を使っているから、原状回復のため詩緒は大量の食器を洗い続けていた。

ドリンクの空き瓶を抱えた岩田が会場を出て行くと、真凜がすでに洗い終わった皿に手を伸ばした。

「アタシが拭くから、詩緒ちゃんはそっちが終わったらしまってくれる？」

「はい」

ちょうど最後のグラスを洗い終えた詩緒はキッチンペーパーで手を拭きながら頷いた。

「そういえば、今日もアキに食事届けてくれたんでしょ？　ていうか、掃除までしてやる必要ないのに。ついつい手を貸しちゃうアタシも悪いんだけど、少しは自分で片付けるクセをつけさせないと」

「でも弓削さん、弁護士さんを紹介してくれたお礼もさせてくれないし、わたしにできることなんてそれぐらいですから」

「詩緒ちゃんがそう言うならいいけど、アイツに変なことされそうになったら、キン○マ蹴り上げてやりなさい」

「キ……っ、そんなこと……できませんよ。まあ確かに、真凜さんが言ってたことはなんとなく理解できるようになりましたけど」

詩緒は積み上がった皿の一部を抱えて、備え付けの戸棚の中へとしまう。

「なんのこと？」

「弓削さんがプレイボーイってやつです」

「ちょっと！　やっぱりなにかされたんじゃないの⁉」

「え、あ……いや」

されてないと言えば嘘になるが、からかわれたとはいえ弓削とキスをしたことを真凜に知られるのは恥ずかしかった。

「えーと、えーと……ほら、弓削さんってすぐいやらしいっていうか、思わせぶりなこと言うじゃないですか。わたしそういうの慣れてなくて。ああいうことを言わなければ、すごくいい人なのにって思いました」

詩緒のいいわけに真凜はなるほどという顔で頷いた。

「アイツが女の子口説くのはビョーキだから無視しておきなさい。でもそういえば、詩緒ちゃんが来てからアキが楽しそうなのよね。夜遊びはもちろん女遊びもしてないみたいだし、詩緒ちゃんのご飯が楽しみなのかしら」

たしかに仕事でなければ夜外出することはないから、自己申告がない日は毎日食事を運んでいた。女性から電話がかかってきたことはあったけれど、プレイボーイらしくない気がする。

「夜遊びはともかく、女遊びしてないってどうしてわかるんですか？　まさか部屋に女性が来てるところに遭遇したことがあるとか」

もしそうなら、詩緒も弓削の部屋を訪ねるときは注意しないと、突然知らない女性がいるなんてことがあるかもしれない。

鉢合わせてしまったら、気まずいどころか相手によっては修羅場になることぐらい詩緒だって理解できた。

「違う違う。アイツ遊びの女は部屋に入れないから。詩緒ちゃん、掃除しててアキの部屋から女物が出てきたことなんてないでしょ」

「ですね。前に玄関にハイヒールが転がってましたけど、あれ真凜さんのでしたし」

「あれね～この間酔っ払って帰ったら間違ってアキの部屋に行っちゃったのよぉ。ベッドに潜り込んだらメチャクチャ怒るんですもの。あ、心配しないで。襲ったりしてないから」

ケラケラと笑う真凜の明るさに、寝込みを襲われたときの弓削の顔を思いうかべ、クスクスと笑ってしまう。

「でも外でデートしてるならわからないじゃないですか」

詩緒はグラスでいっぱいになったコンテナをかかえ上げて真凜を見た。棚の下の段はコンテナごとグラスをしまえるようになっていて、順番にコンテナを納めていく。

「そっか、詩緒ちゃんそういうの疎いもんね。アイツが女と付き合うと定期的に週刊誌とかワイドショーに取り上げられちゃうのよ。一晩だけの相手なのに〝熱愛〟とか書かれちゃってさ」

今の真凜のニュアンスだと、弓削は複数の女性と関係を持っていたことになる。

プレイボーイというぐらいだからそれは普通だし、弓削の自由だから自分にはとやかく言う権限はない。それなのに、胸の奥の方がなにかに刺されたようにチクリと痛む。

それは以前に弓削が詩緒と他の女性を比べて頑固だと言ったときに感じたものに似ていた。

「でもね、最近そういう話全然聞かないのよ。きっと詩緒ちゃんの純粋なところを見てたら、自分がいかに穢(けが)れた怠惰な生活を送っていたかわかって心を入れ替えたんじゃないかしら。詩緒ちゃん、お手柄ね」

「わたしのせいじゃないですよ。弓削さんは元々いい人なんですから」

本当は弓削がこれまでどんな女性と付き合ってきたのかが気になって仕方がなかった。

きっと弓削に釣り合うような美人モデルとか女優のような華やかな女性で、自分など足元にも及ばない世界の人たちだ。

弓削にエスコートされて彼の視線を釘付(くぎづ)けにすることができる人たちがうらやましい。

今までそんな気持ちを持ったことなどなかったのに、自分はどうしてしまったのだろう。

人をうらやんだりしてはいけないと聖書にも書かれているが、これが嫉妬という感情だということはわかる。

弓削のそばにいると今まで感じたことのない感情が沸いてきて、自分が少しずつ違う人間になってしまう気がする。

弓削と一緒にいるのが怖いと思うときもあるのに、そばにいると楽しいと感じるときもあった。

この不思議な感情の名前を知っているはずなのに、心のどこかでそれを知りたくないと思っている自分もいる。

「ね、いいでしょ」

真凜の懇願するような声に、自分の考えに没頭していた詩緒は我に返った。

「はい?」

「よかった〜じゃあアキにも予定聞いておくから楽しみにしててね」

いつのまにか弓削のことを考えていたせいで真凜の話を聞き逃し、なにかにうっかり返事をしてしまったらしい。

「予定って、なんの予定ですか?」

「だから、詩緒ちゃんが一ヶ月頑張ったご褒美に、食事に行こうって話よ。いつも食事の支度してもらってて、アタシも感謝してるの。せっかくだからアキに美味しいものをご馳走走(そう)してもらいなさい。もちろん、詩緒ちゃんもちゃんとドレスアップしてね！」

張り切る真凜を見ていたら、うっかり返事をしましたとは言いにくい。でも弓削と真凜と三人で出かけるのは楽しそうだ。

弓削と二人だとドギマギさせられることもあるけれど、真凜が一緒なら安心だった。

それにしてもドレスアップなんてどんな格好をすればいいのだろう。真凜に相談にのってもらえるだろうか。

あまり自分の服装に興味がない詩緒にしては珍しく、二人との外出の約束が楽しみになった。

5　明日のことを思い煩うなかれ

詩緒が服装の心配をする間もなく、ほどなくして真凜が洋服をプレゼントしてくれた。

「これはアタシからのご褒美よ」

そう言いながら部屋に入ってきた真凜は、ベッドの上に明るい色のワンピースを広げた。

ワンピースと言っても普段詩緒が愛用している綿麻やポロシャツ生地のようなごわっとした着心地のものではない。

赤いチェックの柔らかな生地がベースのタイトなワンピースで、V字にえぐれた首回りには薄いレースが縫い付けられている。

タイトスカートの丈は膝上だが、ウエストから別布の薄いシフォンがギャザースカートのように重ねられているおかげでヒップをあまり強調しない可愛らしいデザインになっていた。

「カ、カワイイ！」

こんな愛らしいワンピースを見るのは生まれて初めてで、詩緒は思わず手を伸ばし、それから慌てて手を引いた。

「ダ、ダメです。こんなのいただけません」

ブランドや洋服の値段に詳しくないけれど、普段詩緒が身に着けているようなファストファッションと違うのはわかる。

詩緒がふるふると首を横に振ると、真凜が困ったように首を傾けた。

「返されても困るわ。だってアタシじゃ着られないもの」

確かに身長百六十センチほどの詩緒と、ヒールを履いたら百八十に届く真凜ではサイズが違いすぎる。

「ね。いいから着るだけでも着てみて。気に入らなかったら諦めるから！」

そこまで言われてしまうと断りようがない。本当は一目見たときから、気に入ってしまっていたのだ。

着替えを終えてリビングに出て行くと、真凜が用意してくれたストラップが付いた赤いエナメルのパンプスを履く。

「ほら！　やっぱり似合う！　ぴったりじゃない!!」

真凜の言う通り、手直しが必要ないぐらいサイズがぴったりだ。真っ赤なパンプスなど生まれて初めて履いたけれど、ヒールのせいかいつもより背筋が伸びる感じがする。

「ほら、見て！」

手を引かれて姿見の前に立つと、いつもより少し大人びた自分が映っていて、見慣れないせいか違和感を覚える。

でも真凜の見立てがいいのかワンピースは詩緒の華奢な身体にもぴったりで、恥ずかしいけれどこういう自分も案外悪くないと思えた。

「髪型は……ちょっと解くわよ」

無造作にポニーテールにしていた髪からゴムを引き抜かれると、ストレートの長い髪がワンピースの上にサラサラと音を立てて落ちていく。

「詩緒ちゃんってもしかしてヴァージンヘア？　前から綺麗だと思ってたけど、さらっさらなのね！」

今までパーマやカラーをする機会がなかった詩緒は真凜の言葉に頷いた。

「この服ならアップにしてもかわいいけど、せっかくならこのさらさらの髪を生かしたいし……そうね、ハーフアップにするかサイドに流したらいいかも」

真凜の大きな手が器用に髪をまとめて、ハーフアップの髪型を作ってくれる。

「ほら、カワイイ。ワンピースにもよく似合うし」

「ホントだ……いつもよりすっきり見えるかも。真凜さん、よくわたしの服のサイズわかりましたね」

「あらぁ。初めて会った時に見せてもらったもの」

うふふ、と笑う真凜の顔を見て、初対面がバスルームだったことを思い出した。

あのときは真凜がオネエだと知らなかったし、今も頭では元男性だとわかっているのに、女同士としか思えない。

「今度は色々試着して遊びましょうね」

「はい！」

一人っ子で育った詩緒には、真凜はちょうど姉ができたような気分だった。教会には信者さんがたくさん出入りをしていて、俊輔のように家族同然の付き合いもあるけれど、こういう関係は初めてだ。

俊輔に感じるのは同じ神様を信じているから共有できる家族のような気持ちだったが、真凜とは女同士の友情という感じがする。

それに真凜は甘えさせるのが上手だ。詩緒が恐縮するのがわかっていて、受け入れざるを得ない状況を準備しているから、詩緒もこうしてそれを受け入れてしまう。

弓削のこともなんだかんだと言いながら世話をしているから、人に関わるのが好きなのだろう。そうだとすればパーティーの企画などをする今の仕事は真凜にぴったりだ。

三人で食事をする約束の日。当日は真凜も弓削も仕事があるから店で待ち合わせようと言われていて、詩緒は着替えをしてひとりで部屋を出た。

格好が格好だから今夜はタクシーを使うように言われ、約束の時間にマンションの下へ降りると真凜が予約してくれたタクシーが待っていた。

会社の上司や両親とは利用したことがあったけれど、ひとりでタクシーに乗るのは初めてだ。

声をかければいいのだろうかと迷っていると、運転手が降りてきてドアを開けてくれた。

「風間様ですね。行き先は承っておりますので」

まるでお嬢様のように扱われてなんだか晴れがましいような、居たたまれないような恥ずかしさで、頬をピンク色にしながら車に乗り込んだ。

タクシーは都内を二十分ほど走って、新宿御苑に近い一軒のフレンチレストランの前で停まった。

レストランといっても最初は公園かどこかを通り抜けているのかと思っていたら、突然ぽっかりと二階建ての立派な屋敷が現れた。

旧○○邸と呼ばれるような趣のある洋風のお屋敷で、カジュアルな店にしか行ったことのない詩緒からすると敷居が高そうに見える。

「お待たせいたしました」

運転手がドアを開けるよりも早く、入り口の扉が開きスタッフと思われる男性が出迎えにきた。

「ようこそお越しくださいました。風間様ですね？　お連れ様はすでにお見えです」

オレンジ色の明かりが灯る店内に招き入れられ、緊張していたはずなのにその光の暖かい色に少しホッとする。

どうやら個室中心のレストランのようで、いくつかの扉の前を通り抜けながら、屋敷の奥へと誘われた。

弓削は有名人だから、真凜が気を利かせて他の客と顔を合わせにくい個室を予約したのだろう。

詩緒が案内されたのは元々サンルームとして使われていたのか、庭園全体が見渡せるように格子窓で覆われた部屋だった。

庭は照明でライトアップされていて、その分部屋の中の照明は抑えられている。

部屋のまん中には四人ほどが座れる丸テーブルがひとつだけあって、グラスに入ったキャンドルと花が飾られていた。

「お連れ様がお着きになりました」

ウエイターの声に、テーブルの端に座っていた弓削が立ちあがった。

「よお、待ってたぞ」

今日の弓削は濃紺の丈が短いジャケットに見慣れないネクタイ姿だ。黒の細身のパンツは弓削のスタイルの良さを際立たせている。

Tシャツにデニムとかトレーニングウエアのようなラフな姿で部屋をうろついている弓削を見慣れていたから、今日は別人に見える。

すると急に心臓がドキリと音を立てて、また緊張が戻って来た。

「こ、こんばんは」

「なんだよ、それ」

詩緒の改まった挨拶に弓削が小さく笑いをもらした。その仕草も今日はいつもとは違う気がして、詩緒は椅子に座るまで一度も弓削の顔を見ることができなかった。

しかも部屋を横切って椅子に座るまでのあいだ、ジッと見つめられているような視線を感じて仕方がなかった。

もしかしたら真凜が選んでくれたワンピースが似合っていないのか、それとも着方がおかしいのではないかという考えが頭の中をぐるぐると回る。

するとウエイターが出て行くのを見送って、弓削が待っていたかのように口を開いた。

「その服、すごく似合ってる」

「……っ」

言われて初めて、弓削のその言葉を期待していた自分に気付き胸がいっぱいになった。いつもとは違う自分を、弓削に褒められたかったのだ。

なにも答えられずにただ頷く詩緒に、弓削はいつものように話し掛ける。

「詩緒が自分で選びそうなデザインじゃないから、選んだのはリンだろ？」

「はい。一ヶ月頑張ったご褒美だって。お給料もいただいてるし、受け取れないって言ったんですけど」

先日の真凜とのやりとりを思い出しながら言った。

「アイツが好きでやってるんだから気にしなくていいよ。それに今日は俺からのご褒美、っていうかお礼だ。詩緒が毎日食事作ってくれたり掃除してくれて本当に助かってるからさ」

「そんな、お礼だなんて。元々お世話になってるのはわたしの方だし、こちらこそお礼のつもりだったんです」

「いいんじゃない？　お互い敬い合うのもキリスト教の教えに沿ってると思うけど」

「そうですけど」

テーブルに肘を突いて顔を覗き込まれて、詩緒は思わず目を伏せた。

今日の弓削はこの部屋に入ってきたときからいつもより魅力的で、自意識過剰かもしれないが、キスをしたときのような甘い眼で見つめてくるような気がする。

弓削も真凜と一緒で口が上手い。すぐに詩緒が断れないように言いくるめてしまうから気をつけなければいけないのに、すぐに流されてしまうのだ。

それは二人が自分よりも大人だからなのか、それとも人を気遣うのが上手だからなのだろうか。

「詩緒は人に頼るのが下手だから」

詩緒は心を見透かされたような気がして、俯いていた顔を上げた。

「頼るって……もう十分お世話になってるのに、これ以上ご迷惑はかけられません」

「まあまあ。そんなになんでもバッサリ切り捨てないの。じゃあさ、頼るって言い方が嫌なら、甘えるっていうのは？」

「え？」

「家族や友だちになら甘えたり、たまにはわがままを言ってもいいんだよ。詩緒の神様と同じとは言わないけど、神様を頼るように俺や真凜をもっと頼って甘えてもいいんじゃない？」

「甘える……」

「本当に信頼関係があればわがままも甘えも、ときには許せるものだろ？」

いつも聞いている父の説話でも、他の牧師様の言葉でもない。でも弓削の言葉がするりと詩緒の中に入ってきて、いつの間にか心の片隅に刻みつけられた。

そこは両親や俊輔、ましてや友だち、真凜でも入り込めなかった。詩緒の中に空いていた誰も踏み込んだことのない特別な場所だ。

自分にとって特別な人のために開けて置いた場所に、弓削がいる。

詩緒はたった今気付いた真実に、知らず小さく息を飲んだ。

いつからそうだったのだろう。もしそうなら弓削こそがその相手だと神様が教えてくれると思っていたのに。

「詩緒？」

まるで優しく子どもをあやすような声で名前を呼ばれ、胸の奥の方がキュッと摑みあげられたように痛い。

たった今気付いた自分の気持ちは、まだ弓削には知られたくない。

「じゃ……じゃあ今から甘えます！」

「うん？」

詩緒がこれからなにを言い出すのか期待をする弓削の顔にすら、胸がキュンとしてしまう。

自分の心の変化に驚きつつ、詩緒はなるべく明るく聞こえるように元気に言った。

「わたし、今日は美味しいお肉が食べたいです！」

すると弓削は詩緒が一番好きな、少し皮肉げに唇を歪めた顔でニヤリとしてうなずいた。

「了解。じゃあ先にメニューをもらおうか」

しかし弓削が声をかけるよりも早く、扉の向こうからウエイターが姿を見せた。手には銀色のトレーが載せられていて、それを弓削の前に恭しく差し出す。

「失礼いたします。メッセージが届いております」

「ありがとう」

弓削は手のひらほどの封筒の中からカードを取り出すと、それを見てほんの少しだけ目を見開いた。

でもそれは一瞬で、軽くうなずくとそのままカードを胸ポケットにしまってしまった。

「どうしたんですか？」

詩緒の問いかけに、弓削はウエイターにメニューを頼んでから答えてくれる。

「リンがドタキャンしてきた。急に打ち合わせが入ったって」

「そんなぁ……せっかく三人で楽しく食事できると思ったのに」

「なんだよ。俺だけじゃ不満？」

あからさまにがっかりする詩緒に気を悪くしたのか、弓削の顔が不機嫌になる。

「ち、違いますよ」

弓削と二人きりではドキドキしてしまうから、真凜がいれば少し落ち着いた気持ちで話ができると思っていたのだ。

でも本当のことを言うわけにはいかず、詩緒は曖昧に笑った。

「だって言い出しっぺは真凜さんだし、二人とも忙しいから三人で食事することってほとんどないじゃないですか」

モゴモゴと口の中でいいわけをする詩緒に、弓削は仕方なさそうに頷いた。

「三人の食事はまたセッティングさせようぜ。その時はリンの奢りだ。物足りないかもしれないけど、今夜は俺ひとりで我慢しろよ」

もちろん嫌なはずがない。ただ今日は弓削の笑顔が眩しく見えてしまって、むしろ一対一では弓削が物足りないのではと心配になる。

見るのも見つめられるのも恥ずかしい。詩緒が顔を赤くしたとき、タイミングよくメニューが運ばれてきたので、慌てて顔を隠した。

「詩緒、なにか食べたいのあった？　先にメインを決めてから前菜や他のメニューを決めるといいよ」

そう教えられても、ドキドキしてしまって、メニューの文字もろくに頭に入ってこない。もともとこんな本格的なフレンチレストランに来るのは初めてなのだ。

「あの、わたしこういうお店初めてで……弓削さんにお任せしてもいいですか？」

おずおずと、メニューの上から目だけを出して窺うと、弓削は軽く頷いてウエイターを見あげた。

「姫は肉料理をご所望なんだ。今日のお勧めは？」

「本日は子羊のガーリックロースト、鶏でしたら鴨のコンフィがおすすめです」

チラリと弓削がこちらを見たけれど、料理の名前だけではどんなものなのか想像できない。

「詩緒、羊は大丈夫？　子羊はそうでもないけど、癖があって嫌いな人もいるだろ」

「大丈夫です。わたし、北海道出身ですよ」

北海道で焼肉というとジンギスカンと解釈をする人もいるほど、羊肉はポピュラーだ。弓削が癖があると言っているのはマトン、大人の羊肉のことだろう。

昔は冷凍のマトンの薄切りを使うことが多く好き嫌いが分かれていたが、最近は鮮度のいい生ラムの焼き肉もあり、東京でも普通に食べられると聞いたことがある。

「じゃあ子羊にしよう。アミューズとオードブルは俺が選んでいい？」

謎の単語にコクコクと頷くと、弓削は上機嫌でオーダーを決めてくれた。

「ベリーニでございます」

ほどなくして食前酒として背の高いフルートグラスにそそがれた、淡いピンク色の液体が運ばれてきた。

「これ……」

「こちらはフレッシュピーチのピューレをシャンパンで割ったものです。女性の方に人気のある食前酒です」

弓削のグラスにはボトルから直接シュワシュワと泡の弾ける黄金色の液体が注ぎ込まれる。

「詩緒がどれぐらい飲めるかわからないから最初は軽めで」

「ありがとうございます」

弓削が自分のために選んでくれたのだと一瞬嬉しくなったが、すぐに他の女性にもこうやって飲みものを選んでいるのではないかと勘ぐってしまう。

「乾杯」

屈託のない弓削の言葉に、詩緒も慌ててグラスを目の辺りまで掲げた。

「いただきます」

お祈りの代わりに小さく呟いてからグラスに口を付ける。すると口の中には桃の味が広がって、そのあとにシャンパンの軽い泡が弾けた。

「美味しい！」

「よかった。詩緒はお酒飲める方？」

「普通、だと思うんですけど。一応営業にいたので、お付き合いもありましたし」

でも大抵はビールやチューハイなどで、こんな女の子っぽい甘いお酒は初めてだ。しかも口当たりがよく、とにかく飲みやすい。

「これ、ホントに美味しいです」

「口当たりがいいから飲み過ぎないようにしろよ。このあと赤ワインも来るから」

「はい」

こんなふうに男の人とふたりきりで食事をするのは初めてだ。大学時代から俊輔と食事には何度か行ったが、彼とは兄と妹のような雰囲気で今日とはまったく違う。

「そうだ。この間の宿題の答え」

シャンパンのグラスを半分ほど飲み干した弓削が言った。

「え？」

「男心を学んだ方がいいって言っただろ。そしたら詩緒は間抜けな顔してた」

たしか弓削のことを兄みたいだと言ったら、男心を学んだ方がいいと言われたのだ。

「今日も、やっぱり俺はお兄さんみたいに見える？」

テーブルの上に頬杖(ほおづえ)を突いて、上目遣いで探るような視線を向けられる。それはなんだか挑発しているみたいだ。

ふたりきりで向かいあっているだけでもドキドキするのに、こんな思わせぶりな眼差しを向けられたら、どうしていいのかわからなくなる。

「べ、別に本当のお兄さんって意味じゃないですよ。頼れて安心できるって言うか」

「それって、俺は詩緒にとって対象外ってこと？」

なにが対象外なのだろう。そう聞き返す前に弓削が畳みかけてくる。

「女に安心されたら男として終わってるだろ」

「そんなことないと思いますけど」

「じゃあさ、詩緒は俺といてドキドキする？」

「は⁉」

なんだか今日の弓削は子どものようにしつこい。詩緒が自分の望む言葉を口にするのを待っているみたいだった。

本当はこうして見つめられるだけでドキドキすると言ったら、弓削は大喜びするだろう。

「俺は詩緒といると楽しいよ。詩緒は？」

「わ、わたし……」

「うん」

話し合うことでお互いを理解し合えると自分で言っていたのに、いざ言葉にしようとすると、うまく出てこない。

「わたしも……弓削さんといると楽しい、です」

弓削がこの言葉を求めているのか自信がなくて、自然とか細い声になってしまう。

ドキドキしながら視線をさ迷わせると、テーブルの向こうの弓削が唇に甘い笑みを浮かべた。

「よかった」

たった一言だったけれど、ギュッと心臓を掴みあげられたような痛みが走り、息が苦しくなる。

今日の自分はどうしてしまったのだろう。これまでは弓削にからかわれて多少ドキリとしてもそれで済んでいたのに、今日はどんどん落ち着かない気持ちになっていく。

そのあと次々と料理が運ばれてきたけれど、なんだか気持ちがざわついているせいで、せっかくの料理の感想を聞かれてもとんちんかんな答えしか返せなかった。

デザートは数種類のケーキやシャーベットから好きなものを盛り付けるサービスになっていて、詩緒は弓削のお勧めだというフルーツソースをたっぷりとかけた温かいチョコレートケーキとカシスのシャーベットを選んだ。

「詩緒、夜遊びなんてしたことないだろ」

エスプレッソに口を付けた弓削が、カップ越しに詩緒を見た。

「それぐらいありますよ。会社で飲みに行くこともあったし、これでも社会人なんですから」

子ども扱いされたような気がして、詩緒は少しむくれてカシスのシャーベットを口に運んだ。

赤ワインのおかげか緊張が解けて、食前酒のころより口調も滑らかになっている。

「それって同僚との飲み会だろ？　それは夜遊びじゃないよ」

「そう、ですか？」

「そうだ。まだ時間も早いし、明日は休みだろ？　せっかくだからデートしようぜ」

「え……でも」

いつもの詩緒なら、すぐに断っていただろう。用事もないのに遅くまで出歩かないよう躾けられていたし、東京で独り暮らしを始めてからも実家にいたときと同じように自分で門限を決めて家に帰るようにしていた。

乱れた生活をすることが堕落の一歩だと思っていたし、今もその考えは変わらない。神様はいつも見守ってくださっているのだ。

「あ。また神様に怒られるとか、考えてるだろ」

図星を指されて、詩緒は頬を赤くした。

「どうしてわかるんですか？」

「顔を見てればわかるよ。詩緒は素直だから考えてることがすぐ顔に出る」

「う、うそ……っ」

思わず両手で頬を覆うような仕草をすると、弓削が噴き出した。

「ほら、その反応」

「もう！」

からかわれて悔しいのに、いたずらっ子のような目で笑う弓削を見ていたら、今日は少しだけ羽目を外してみたくなってしまった。

「……行ってみたいです」

詩緒の言葉に、弓削が眉を上げた。

「よし。じゃあ今夜だけは詩緒の神様には目を瞑って遊びに行こう」

「はい！」

こんな時間に男の人と遊びに行くなんて、悪いことだ。それなのにワクワクしてる自分がいる。

食事を終えて店の外へ出るといつの間に手配したのか、そこにはすでにタクシーが待機していて、ふたりでそれに乗り込んだ。

弓削が運転手になにやら指示を出すと、すぐに車が走り出す。

「どこ行くんですか？」

「着いてからのお楽しみ」

そう言いながら片目を瞑る弓削はとても魅力的だ。

いつもならそんなあやふやな誘いには乗らないのに、今日はそれも楽しい。弓削は普段どんなところで遊んでいるのか興味もある。

行ったことはないけれど、クラブで派手に遊ぶとか、会員制のお店とか、特別な場所なのではないだろうか。

食事をしたレストランですら場違いだと感じていたのに、そんなところに行ったら弓削に恥をかかせてしまうかもしれないと急に不安になってくる。

しかしそれは無駄な心配で、連れて行かれたのはスポーツ施設だった。

「ここ……」

「フットサル場。知ってる？」

「えっと……サッカーみたいなやつですよね？」

「そ。サッカーに比べてコートが小さくて人数が少ない。あとポジションの呼び方も違うけど、まあそこまで気にしなくていいかな。要するにどっちもボールを蹴るってことだよ。さ、こっち」

弓削は当たり前のように詩緒の手を取ると、建物の方へと誘導する。

あまりにも自然に手を繋（つな）がれたから、驚くとか拒む隙もなかった。気付くと弓削の大きな手の中にいたという感じだ。

弓削の説明はかなりザックリしていたが、サッカーのポジションもよくわからない詩緒には今より詳しく説明されてもよくわからなかっただろう。

建物の前まで来ると、待っていたかのようにスポーツウエア姿の男性が姿を見せた。

「弓削！」

「野本（のもと）さん、急にすみません」

「久しぶりに連絡してきたかと思ったら、営業時間外にコートを使わせろって、どういうことだよ」

言葉だけ聞けば怒っているように聞こえるが、その声音や顔には笑みが滲（にじ）んでいる。

きつい言葉もジョークに変えられるぐらい親しい関係なのだろう。

「いいじゃないですか。この間は俺の方が突然呼び出されて合コンに引っぱり込まれたんですから、あの時の貸しを返してもらわないと」

「わかってるって」

野本は笑って弓削の肩を叩き、視線を詩緒に向けた。

「ああ、すみません。彼女は風間詩緒さんです。詩緒、この人は俺の現役時代の先輩で野本さん」

「こんばんは」

「こんばんは。弓削、彼女か？　随分若く見えるけど」

「カワイイでしょ。今口説いてる最中なんです。詩緒、俺がサッカー選手だったって知らなかったんですよ。だからカッコいいところ見せたら少しは俺に傾いてくれるかもしれないでしょ。で、野本さんのところを思いついたってわけ」

「なるほど。女を口説くためね。さすがブルーモンスターの貴公子」

「やめてくださいよ」

野本の言葉に弓削はちょっと肩を竦めたけれど、まんざらでもない顔だ。

ふたりの会話が理解できない詩緒が戸惑っていると、それに気付いた野本が教えてくれた。

「詩緒ちゃん、だよね？　ブルーモンスターっていうのは俺と弓削が所属していたサッカーチームの名前。こいつ女性ファンが多くてさ、グラウンドのプリンスとかブルーモンスターの貴公子って呼ばれてたんだ」

「なるほど」

弓削は顔立ちも整っているし、女性の扱いも上手い。今日だって詩緒をエスコートしてくれて、大切な女性のように扱ってくれる。きっとファンの女性たちにも優しくて、今日の詩緒のように自分が彼にとって特別だと思わせていたんじゃないだろうか。

弓削は女性にモテると何度も聞かされていたけれど、他の女性にもこんなふうに接しているということだ。そう考えたらモヤモヤしてきて、これまで弓削のそばにはどんな女性がいたのかを問い詰めたくなる。

「それにしてもおまえになびかないなんて、彼女かなり強者だな」

「ええ。一筋縄じゃ行かなくて、俺も苦労してるんです」

からかうような眼差しで見つめられ、詩緒は慌てて首を横に振った。

「そ、そんなんじゃないです！　わたし、ただスポーツとかに詳しくなくて」

「だろ。だから今日は俺がサッカーを教えてやるよ」

その目は心なしか輝いているようで、今もサッカーが大好きなのだと語っている。

「じゃあ他の客はいないから、帰りに事務所に声かけてくれ。あと、これご所望のレンタルシューズ」

「ありがとうございます」

野本から紙袋に入ったシューズと鍵を受け取り、金網とネットで仕切られたコートの中に入った。

人工の芝はライトアップのおかげで青々としているが、この赤いパンプスのままでは芝を傷付けてしまう。

詩緒はちょっと考えて入り口でパンプスを脱いだ。靴を履き替えるためのベンチまで裸足で行けば、芝を傷付けないで済むと思ったのだ。

「ここはプレイエリアじゃないから気を遣わなくていいのに」

「でも野本さんが手入れされているのに、もうしわけないですから」

するとと弓削はクスクスと笑いを漏らす。

「そういうところ、詩緒らしくて好きだな」

「な……っ」

さらりと〝好き〟という言葉を口にされ、詩緒は手にしていたパンプスを取り落としてしまった。

深い意味などないのに〝好き〟という言葉に反応してしまった自分が恥ずかしい。きっと今日はデートとか口説くとか思わせぶりなことばかり言われているから、つい反応してしまうのだ。

弓削はパンプスを拾い上げると、代わりに紙袋の中からレンタルシューズをとりだし手渡してくれた。

「ありがとうございます」

詩緒がベンチに腰掛けると、弓削もすぐ隣に座る。十分身体は離れているのに、弓削の身体の動きを間近に感じてほんの少し緊張してしまう。

「で、でも夜遊びだって言うから、てっきりクラブとかどこか派手なところに連れて行かれるんだと思ってました」

「そういうところの方がよかった？　興味あるんだったら、次はクラブに連れてってやるけど」

「べ、別にそういうわけじゃ。わたしなんかが行っても、きっと場違いですし」

詩緒は俯いてシューズの紐を結びながら言った。

「おまえ、自己評価低すぎ」

なぜか不機嫌そうな声に詩緒は首を傾げるようにして、立ちあがった弓削を仰ぎ見た。

「どうしてわたしなんかって言うんだよ。人のことは悪く言おうとしないのに、自分のことは卑下しすぎだ。今日の服だってとっても似合ってて、クラブになんか行ったら、きっと他の男に声をかけられたはずだ。だからやめたの。詩緒はこの俺が口説いてる女なんだからもっと自信持てよ」

またただ。弓削は簡単に詩緒を特別な人間なのだと思い込ませてしまう。本当は弓削や真凜のような華やかな人たちとは縁のない人間なのに、そちら側の一員のように思わせてしまうのだ。

「ずるいです」

「……なにが？」

　意味がわからないという表情で、弓削は首を傾げる。

「だって……弓削さんってやっぱりいい人なんですよ。イブを誘惑した悪魔なんだから信用しちゃいけないのに、近付いちゃいけないのに、すぐそういうの忘れさせられちゃうんです」

　聖書の誓いを守りたいのに、弓削と一緒にいると気持ちが揺らいで聖書の言葉を忘れてしまいそうになる。

「詩緒、それってさ」

「はい」

「それって、もう俺のことを好きになってるんじゃない？」

　ズバリ考えていたことを真顔で口にされ、詩緒は飛び上がりそうになった。

「そそそそ、そんなはずありません！」

「そんなに力いっぱい否定されると、さすがの俺でも傷つくな」

　弓削が悲しそうに眉間に皺（しわ）を寄せた。

「いえ、そうじゃなくて！」

　男の人とこういう会話をするのは苦手だ。傷付けたくないし、傷付きたくない。それにいつの間にか弓削に自分をよく見てもらいたいと思い始めている。

　気がつくと、弓削に嫌われることが怖いと感じていた。

「じゃあサッカーする俺を見て惚（ほ）れてもらえるように頑張るか」

足踏みをしてシューズの感触を確かめた弓削は、芝の上に転がっていたボールをつま先ですくい上げた。

目線ほど高く上がったボールを、両膝を交互に使ってリフティングする。時折頭の上まであがったボールを胸でトラップしたり踵を使ったりして、落ちる気配はない。

まるで弓削の身体が磁石で、決まった場所にボールが引き寄せられ吸い付くみたいだ。確かにサッカーをしている弓削はカッコいい。しかもサッカーをするのが楽しいのだろう。大好きなことに夢中になる子どものような顔をしている。

「どう？　俺カッコいい？」

チラリと思わせぶりな視線を向けられ、詩緒は慌てて目をそらした。

「な、なに言ってるんですか。か、からかわないでくださいっ」

誤魔化すように叫び返しても、頬が赤くなるのがわかる。弓削も詩緒のその反応を期待していたのか、ニヤリと口角を上げた。

「詩緒、顔赤いよ」

「……っ」

このままでは弓削のペースに巻きこまれて、ドキドキしすぎてどうにかなってしまいそうだ。

そういえば、怪我をしてサッカーを辞めたと聞いていたのに、今は大丈夫なのだろうか。あまり激しく動いたら古傷を傷めるということだってあるだろう。

「あの、俊ちゃんが怪我でサッカーをやめたって言ってましたけど、大丈夫なんですか？」

「プロ選手としては無理だけど、日常生活には問題ないんだ。だから普通に走ってるだろ。ていうか、今でも詩緒には負けないと思うけど」

「そうなんですか？」

どのぐらいの怪我だったのかはわからないけれど、日常生活に支障がないのだと知りホッとする。詩緒をフットサル場に誘うぐらいだから、運動も問題なさそうだ。

病気もそうだが具合は本人しか知らないことだし、どれぐらい心の負担になっているかわからないから、怪我のことは尋ねづらかったのだ。

「詩緒は？　サッカーやったことある？」

「学生のとき体育の授業でやっただけです。だからルールもあやふやで」

「そっか。じゃあさ、俺と勝負しようか。俺からボールを奪ったら詩緒の言うことなんでも聞いてあげる」

普段の詩緒ならそんな不確実な誘いになどのらないのに、今夜はなぜか反応してしまう。座っていたベンチから弾かれたように立ちあがった。

「ホントですか？」

勝負なんてギャンブルと同じでいけないことだ。それなのに一瞬弓削にどんなことを聞いてもらおうかと期待してしまった。しかし、次の言葉にすぐがっかりすることになった。

「その代わり、一度も奪えなかったら詩緒が俺の言うことを聞くこと」

当たり前だが、向こうにも条件があるわけだ。

「それってわたしが不利、っていうか勝てませんよね？　ズルイです」

弓削はプロとして活躍していたサッカー選手で、体育の経験しかない詩緒など、赤子の手をひねるようなものだろう。

詩緒は思わず子どものように、ぷうっと頬を膨らませてしまった。

「大丈夫。ハンディをつけるからさ。俺の利き足は左だけど、右足しか使わない。詩緒は両足だけじゃなく手を使ってもいいよ。俺の腕を押さえたり引っぱったりして妨害してもいい」

それなら少しぐらいは自分にも勝つチャンスがあるかもしれない。でもさすがに詩緒だって手を使うことが反則なのは知っているから、もはやサッカーではない気もする。

「まあ詩緒が嫌だって言うならやめるけど」

まるでこちらが怖じ気づいているかのような口調に、つい言ってしまった。

「い、いいですよ！　やりましょう!!」

「オッケー。じゃあ指切りだ」

また丸め込まれてしまったことに気付かない詩緒は、ヒラヒラのワンピース姿であることも忘れてコートの中に駆けだした。

6　汝、恐るることなかれ

「も、もぉ……むりですぅ……っ」

詩緒は息も絶え絶えにそう呟くと、人工芝に膝をつきそのまま座り込んでしまった。

少しぐらいは勝ち目があるかもという楽観的な思いを抱いてしまった自分が恥ずかしくてならない。

ちょっと考えれば元プロなのだから利き足がなくても素人よりよほど、いやたとえ片足でも素人とは天と地の差があることに気付いたはずだ。

しかも日々筋トレやランを日課にしている元スポーツ選手と普通の二十代女子とでは、体力と持久力が違いすぎた。

最初は必死で弓削のシャツを摑んで逃がさないように追いかけていたけれど、まるでダンスのステップを踏むように片足でボールをドリブルする弓削に、詩緒はすぐについて行けなくなった。

「ほら、詩緒。もうギブアップ?」

右足をボールの上に置き腕を組む弓削は顔色ひとつ変えず、息も乱れていない。

「なんで、そんなに……体力、あるんですかぁ……っ」

悔しくてふたたび立ちあがったけれど、身体を起こすことができなくて両手を膝の上についた。

「じゃあ、負けを認める？」

「……」

負ける勝負だったとしても、降参するのはさすがに早すぎる。

それに負けたら弓削の言うことを聞くと約束してしまったのだ。弓削のことだから面白がって無理難題を押しつけてくるに決まっている。

「ま、まだ……っ」

「素直に負けを認めれば楽になれるのに」

「まだ負けてないですってば！」

詩緒は足の下にあるボールをかすめ取ろうと片足を繰り出したが、あっさりとかわされてしまう。

「おしい。そのタイミングじゃ無理だよ」

「つ、次は取りますからっ！」

諦める気配のない詩緒に、弓削は苦笑いを漏らす。

「仕方ないな。じゃあちゃんと負けさせてあげるよ。おいで」

するとなにを思ったのか、弓削は詩緒の前にボールが転がっていくように蹴り出した。

「え」

ボールはゆっくりと芝を転がり、詩緒の近くで止まった。

先ほどまで常に右足に引きつけていたボールから離れるなんて、詩緒のことを侮っているのだろう。これぐらいの距離があったとしても、ボールは奪われないと思っているのだ。

——悔しい！

詩緒は思い切りボールに向かって駆け出した。せめて弓削が届かないような場所にボールを蹴ってやろうと思ったのだ。

もちろん詩緒の意図に気付いた弓削もすぐに前に飛び出す。なんとか先にボールに触ろうと、詩緒はスライディングするように足を出した。

しかし地面を踏みしめているはずの片足がバランスを崩してしまう。

「あ、れ……きゃっ！」

ボールに足が触れるよりも先に、バランスを崩した足が、ズルリと芝の上を滑る。

バランスを崩し後頭部から引っぱられるように身体が後ろに向かって傾いでいく一連の流れは、まるでスローモーションのようだった。

尻餅をつく！　その痛みを想像して詩緒がギュッと目を瞑（つぶ）ったときだった。

強く腰を引き寄せられ、直後に硬いものに身体がぶつかる。それが弓削だと気付いたときには、これ以上ないというぐらい二人の身体が密着していた。

「あぶなっ」

助けられたときよりもさらに強く、ぎゅうっと身体を抱き寄せられる。その温もりで、自分が弓削の腕の中に囲われていることに気付いた。

「詩緒、ガッツありすぎ」

冗談めかしていたけれど、声には安堵の色が滲んでいた。相手が弓削でなかったら確実に転倒していただろう。

相変わらず強い力で抱きしめられていたから、詩緒は思わず広い胸に頬を寄せたまま目を閉じた。

男の人と一緒にいて、しかもこんなふうに抱き合っていて心地いいなんて、自分はどうしてしまったのだろう。

結婚もしていない相手にこんな気持ちになるだけで、つまり相手に情欲を抱くだけでも姦淫だ。

このふれあいも弓削に男性として魅力を感じてしまっている以上罪に当たるのに、離れたくないと思ってしまう。

「どう？　降参する気になった？」

「……降参……」

弓削の温もりに身を任せていた詩緒は、すっかり勝負をしていたことを忘れていた。

もうすでに色々な意味で弓削に負けてしまっている詩緒は、諦めて彼の胸に顔を埋めたまま、小さな声で呟いた。

「……降参、します」

「うん、いい子」

今までにないぐらい優しい声音に、弓削がどんな顔をしているのか見たくてゆっくりと顔を上げる。

「……あ」

当たり前だが身体がぴったりと寄り添っているのだから、その分顔も近い。驚くほど間近に迫った弓削の整った顔に、詩緒は小さく息を飲んだ。

「詩緒？　大丈夫？」

気遣うように名前を呼ぶ唇に目線がいってしまい、自分の考えていることが恥ずかしくて、慌てて目をそらす。

「あ……えっと、負けの罰はなんなのかなって」

「罰？　そんなふうに考えてたの？」

弓削は目を丸くしたけれど、バラエティ番組を見ていると、勝負に負けた方にはなにかしら罰ゲームがある。なんでもいうことを聞くというのはそういうことだろう。

「そういう意味じゃなかったんですか？」

すると弓削は笑いながら詩緒の頭をクシャクシャッと撫でた。

「ははは。別に詩緒に意地悪をしようっていうプレイじゃないから」

「プ、プレイ⁉」

聞き慣れない言葉は、なんだかいかがわしく聞こえる。

「最初は勝ったら詩緒を抱き締めさせてって頼もうと思ったんだけど、それは今叶ってるから。うーん。手はさっき繋いだし……そうだ。詩緒にとっても、次のステップにチャレンジしてみようか」

ひとりごとのように呟く弓削の言葉に、詩緒は首を傾げるしかない。

「次のステップって」

夜遊びの次はなにをするつもりなのだろう。そして言葉の意味を考えていた詩緒に弓削はとんでもないことを提案してきた。

「詩緒にキスして欲しい」

「なっ！　キ、キス……!?　な、なにいって……」

失礼だと怒るか、くだらない冗談だと笑い飛ばせばいいのに、すぐにそうすることができない自分に驚いた。

もしかしたらさっき弓削の唇を見つめていた自分が物欲しげに見えたのではないだろうかと勘ぐってしまう。

あの時、また弓削にキスをして欲しいと一瞬だけ考えてしまったのだ。

「あの、腕……離してください」

詩緒は弓削を見あげて小さな声で言った。

「……うん」

弓削は少し残念そうに微笑むと、詩緒を抱いていた腕をゆっくりと解く。さっきまで感じていた弓削の温もりが消えて、急に心許なくなった。

「詩緒、ごめんね」

罪悪感の滲む眼差しに、詩緒は小さく首を横に振った。

「目、閉じてください」

「え？」

「早く！」

詩緒の剣幕に弓削が慌てて目を瞑る。一瞬だけ辺りを見まわすけれど、人の気配はない。詩緒は小さく息を吸い込むと、弓削の腕に手をかけて背伸びをし、ほんの少しだけ触れるキスをした。

次の瞬間驚いた弓削が目をぱっちりと開ける。間近で見つめられたことが恥ずかしくて、詩緒は慌てて顔を背けた。

「詩緒」

「や、約束だからですよ！　別に意味なんてないですから！」

「詩緒、こっち見て」

「ま、負けは負けですからっ！　ちゃんと約束は守りましたからね！」

「詩緒ってば」

両腕を摑まれて、グッと近付いてきた顔に目の中を覗(のぞ)き込まれた。

「ホントにキスしてくれると思わなかった。ありがと」

その言葉に頬がさらに熱くなって、自分が熱の塊みたいになる。

「神様を信じてる詩緒が自分からキスしてくれるなんて、相当頑張っただろ」

すべて見透かされている恥ずかしさに、詩緒はこっくりと頷いた。

「ゆ、弓削さんの腕の中にいると、わたし堕落してしまう気がします」

「ひどいな。やっぱり俺のことを悪魔だと思ってるんだ」

怒っているというより面白がっている口調に、詩緒はホッと胸を撫で下ろした。

こんなふうに詩緒の育ちや考え方を受け入れてくれる人は初めてだ。詩緒は自分の中にある、ありったけの感謝の気持ちを込めて弓削を見つめた。

「じゃあ、今度は俺の番」

「え？」

詩緒が聞き返す前に、弓削の唇に笑みが浮かぶ。それは少し色っぽい。そう思ったときだった。

「詩緒に、俺がして欲しかったキスを教えてあげるよ。ああ、それと約束を守ってくれたご褒美もあげないと」

「え……あっ」

覆い被さるように唇を塞がれ、詩緒は眼を大きく見開いた。

詩緒がしたキスよりもしっかりとした、力強い本当のキスだった。

「ふ……ぁ」

どうしよう。そう思っている間に熱い舌に唇をなぞられ、あっけなく口を開いてしまう。

ヌルヌルと舌が歯列をなぞり、腰からなにか痺れのようなものがはいあがって来て、足の付け根がジンジンと痺れてくる。

詩緒が息苦しさに口を開けば開くほど、弓削は舌を使って口腔を乱す。

「ん、ん、んぅ」

「そう。次はこんなふうに舌を絡めて」

「は……んぅ……」

「それから、こういうのも」

舌先で口蓋や頬の裏側を擽るように舐められ、詩緒の身体が快感に大きく跳ねた。

「気持ちいい？」

「ん……ぁ……」

返事のできない詩緒が震える指でシャツの胸元にしがみつくと、優しく抱き寄せられ、額に濡れた唇を押しつけられた。

「詩緒、カワイイ」

少し掠れた声が耳に心地いい。

——もっと、もっとして欲しいのに。詩緒は心の中でそう呟いた。

「ご褒美、気に入った？」

「こ、こんなの弓削さんがしたかっただけじゃないですか」

「そう？　詩緒も気持ちよかっただろ？」

「そんなこと……っ」

「目が潤んでるけど？」

かあっと頬を赤くすると、弓削はその頬に唇を押しつけた。

「……ズルイ」

「うん、そうだね」

にっこりと満足げに見下ろされて、もう何も言えなくなってしまう。

「もぉ……」

初めてキスをされたときは二度とこんなことがあってはいけないと思ったのに、今はキスが終わってしまったことが寂しいと感じている。

まるで大好きなミルクチョコレートが口の中で溶けてなくなってしまい、次が欲しくて我慢できない、そんな感じだ。

いつからこんな罪深い人間になってしまったのだろう。

自分の浅ましさが恥ずかしくて弓削の腕から抜け出そうと身動ぎする。すると足に思いがけない痛みが走って声をあげた。

「あ、痛っ」

「詩緒？　どうした？」

「足が……さっきひねったのかも」

痛みがあるのは芝の上を滑った方の足だから、あの時くじいたのかもしれない。

自分で歩けるだろうか。もう一度足を動かして確認しようとする詩緒を弓削が制した。

「危ないから動かさない方がいい。下手に動かして悪化したら困る」

「でも」

それでは家に帰れなくなってしまう。詩緒の不安がわかったのだろう。弓削が安心させるようににっこりと笑った。

「大丈夫。俺がお姫様を運ぶよ」

「え？　きゃっ！」

断る間もなく抱き上げられ、コートの外へと運ばれていく。

「弓削さん！　手を貸してもらえれば自分で歩けますから」

「だから今手を貸してるだろ。詩緒がしなくちゃいけないのは、俺に落とされないようにしっかりと摑まっていること」

言われた通り慌てて腕を首に回すと、弓削が満足げに頷く。瞳が甘く誘うように揺れて、詩緒の鼓動は一段と早くなった。

弓削にタクシーまで運ばれマンションに帰り着くと、今度はマンションのエントランスでも同じようにするつもりらしく、

「詩緒、おいで」

先に降りた弓削が車の中を覗き込み、当然のように腕を伸ばしてきた。

冷静になったらやはり抱かれて歩くなんて恥ずかしい。さっきはキスの余韻もあり、あまり強く拒むことができなかったのだ。

「ひ、ひとりで歩けます！」

「いいからおいで」

詩緒の抵抗などものともせずさっと背中と膝裏に手を回され、軽々とシートから抱き上げられる。そして車の中に半身を入れていた弓削が、詩緒を抱いたまま車から顔を出したときだった。

「こんばんは！　週刊文潮の吉田です」

甘い雰囲気を打ち破るように、突然大きな声で呼びかけられ顔を上げる。すると弓削の「ちっ」という舌打ちが聞こえ、大きな手が乱暴に顔を広い胸に押しつけた。

「このまま顔を伏せて黙ってろ」

弓削が耳元で囁く(ささや)と、ふたたび先ほどの声が話しかけてきた。

「弓削さん！　彼女が新しい恋人ですか⁉　いつからお付き合いされていらっしゃるんですか？」

質問の内容からして、以前真凜が言っていた週刊誌かワイドショーかなにかの記者のようだ。

それなら弓削が否定してくれれば誤解だとわかるだろう。そう思っていた詩緒の期待とは裏腹に、弓削は一向に口を開こうとしない。

「お姫様抱っこで運びたいほど大切にしているってことですよね？」

「私たちの調べではこちらの女性が、このマンションを毎日のように出入りしていることがわかってるんです。一緒に住んでいらっしゃるということで間違いないですか？」

矢継ぎ早に質問をぶつけられているのに、弓削は一言も口にしようとしない。

こういう輩には答えないことが一番で、一言でも言葉を返せばそれを曲解して好き勝手に記事を書かれる。

あとで弓削にそう教えられたが、その時の詩緒は不躾（ぶしつけ）な質問を投げつけられているのに弓削が言い返さないことが腹立たしかった。

もし自分が本当に弓削の恋人だったとしても、こんな質問をするなんて失礼だ。誰に迷惑をかけているわけでもないというのに。

「今回はずいぶん若い女性のようですが、まさか未成年じゃないですよね」

まるで弓削が女性なら誰でもいいと聞こえる言い回しだ。確かに真凜は弓削の女好きは病気だと言っていたが、短い期間とはいえ彼を見てきた詩緒には、そんな男性だとは思えなかった。

もちろん何度も思わせぶりなことを言われたが、今日のキスは詩緒自身の意思だった。きっとこれまで彼と付き合ってきた女性は、弓削の魅力に逆らえなかったのだ。

「今までたくさんの女性と浮名を流してきましたが、どなたとも長続きしてませんよね。遊びだったということでよろしいですか。今回は本気なんですか？　これまで付き合ってきた女性たちに、なにか言いたいことはありますか？」

謝罪をしろとでも言うような記者の言葉に、詩緒は我慢できなくなって、気付いたら顔を上げて記者に向かって叫んでいた。

「いい加減にしてください！」

そう口にしてからギョッとする。記者はビデオカメラを構えて、動画を撮影していたのだ。

一瞬怯(ひる)んでしまったけれど、弓削にひどいことを言った男に対して腹を立てていた詩緒は記者を睨(にら)みつけた。

「弓削さんはそんな人じゃありません。そりゃちょっと軽いところもありますけど、それって追い回す女性も悪いんじゃないですか？　こんなふうにマスコミにも追い回されて、真面目にお付き合いしたいとしてもできないじゃないですか!!」

詩緒が反論するのを待っていたかのように、記者がビデオカメラを手に身を乗り出してくる。

「じゃああなたは弓削さんと真面目にお付き合いしてるってことですよね？　一緒に暮らしてるんですか？」

「わたしが住んでいるのは別の部屋です。それにそんなのあなたに関係ないじゃないですか!!　そういうのをプライバシーの」

侵害って言うんです。そう言おうとした詩緒の口を大きな手が塞いだ。

「んぅ!!」

「もう黙れ！」

ジタバタと暴れる詩緒を無理矢理押さえつけると、弓削は記者を押しのけてマンションのエントランスへ飛び込んだ。

マンションの敷地に入れば不法侵入になるから、記者はそれ以上は追いかけてこない。弓削は詩緒を抱いたままエレベーターに乗り込んだ。

「降ろして！　降ろしてってば!!」

「危ないから暴れるなって！」

まだ怒りの収まらない詩緒は、半ば飛び降りるようにして弓削の腕から抜け出す。足の痛みなど怒りのアドレナリンのせいでどこかへいってしまった。

「どうしてあんなことを言われてなにも言い返さないんですか！」

「詩緒が怒ることじゃないだろ。そりゃ、巻きこんだのは悪いと思ってるけど」

「そんなのどうでもいいです。わたしはただあんなひどいことを言われたから……っ」

上手く言えないけれど、ただ弓削を傷つけないで欲しいと思ったのだ。

「……どうして詩緒が泣くんだよ」

「……え……？」

なんのことだかわからず、詩緒は弓削を見あげたけれど、なぜかぼんやりとして彼の顔がよく見えない。

弓削の手が頬に触れて、なにかを拭う。それが自分の涙だと気付いたのはその濡れた指が唇に触れたからだ。

「……あ」

瞬きをするたびに涙が頬をこぼれ落ちる。エレベーターの扉が開き、詩緒は手を引かれてエレベーターを降りた。

「泣くなって」

「だって……弓削さんが泣かないから……っ」

「俺の代わりに泣いてるの?」

弓削が困ったように扉の前で立ち止まった。

弓削の代わりに泣いているというより、弓削にしてあげられることがないから悲しいのだ。

「……わたし弓削さんのこと、好きかもしれません」

詩緒は弓削を見あげ、自分の中に生まれた初めての感情を口にした。

不思議なことにさっきまでは自分でもちゃんと認められず、ましてや口にすることなんてできないと思っていたのに、いざ言ってしまうとその感情はすとんと詩緒のまん中に落ち着いた。

「子どもの頃から、結婚相手は神様が引き合わせてくれるって聞かされてました。だから運命の人に出会ったら鐘が鳴るとか耳元で天使がラッパを吹いてくれるとか、すぐにその人だって気付くと思ってたんです。でも違いました。鐘も鳴らないし、天使も現れないし、ましてやラッパの音も聞こえなかったし」

少し不満げな詩緒の口調に、弓削がプッと噴き出した。

「でもそんなのなくても、わたしの気持ちは動くし、弓削さんのこといい人だなってわかったし。だから、わたし弓削さんのこと好きかもって思ったんです」

「あのさ、とりあえず〝かも〟は取ってよ。なんか（仮）がついてるみたいで、俺カッコ悪くない？」

今度は詩緒がクスリと笑う番だった。

「……弓削さんのこと、好き」

「うん」

「どこがって言われたらわからないんだけど、好き。弓削さんといるとワクワクするし、胸の奥の方が温かくなるの。だから弓削さんがひどいことを言われるとわたしも悲しいし、気持ちがザワザワしてどうしていいのかわからなくなる」

「詩緒、それって……凄い熱烈な告白に聞こえるんだけど」

長い指が詩緒の唇に触れて、愛おしむようにゆっくりと輪郭をなぞる。ただそれだけの仕草なのに、詩緒は全身に電気のような痺れが駆け抜けるのを感じた。

待ちわびるようにうっすらと開いた詩緒の唇に、弓削のそれが押しつけられる。味わうようにゆっくりと吸いあげられ、それだけで舌の付け根の方からじんわりと唾液が滲んできてしまう。

それはさっきコートでされた、扉を無理矢理こじ開けるようなキスではなく、詩緒が自分から開いてくれるのを待っているような、焦らすようなキスだった。

「ん、は……」

擽られるようなもどかしいキスに鼻を鳴らすと、弓削が背中に回した手で優しく背中を撫で下ろす。

「詩緒、カワイイ。すごく……好きだ」

ゆっくりと詩緒の官能を引き出すように、何度も角度を変える口付けにうっとりとしてしまい、自分から弓削の身体に抱き付いた。

すると弓削がビクンと身体を揺らし、詩緒を抱いていた腕を解く。

「詩緒、待って。リンの部屋まで送るから」

そう言って両手をあげる顔は、戸惑っているように見える。

「……どうしてですか？」

ぐいっと肩を押されて、さらに身体を引き離される。

弓削は焦らしているのだろうか。こんなキスをして、なんの余韻もなくすぐに別れたくない。

それとも弓削はこの程度のことには慣れてしまっていて、なにも感じないのだろうか。

今にも泣き出しそうに顔を歪める詩緒に、弓削は慌てて言葉を続けた。

「詩緒、違う。詩緒が嫌だから部屋に帰れって言ってるんじゃない。俺が調子に乗りすぎただけなんだ。ごめん」

「どうしてあやまるんですか？」

「これ以上は詩緒の神様が許さないだろ。詩緒の気持ちは嬉しいけど、急ぐつもりはないから。俺がこんなことを言っても信じないかもしれないけど、詩緒とはゆっくり進めたいんだ」

弓削は優しく微笑むと、詩緒の肩を抱いてエレベーターへと促す。

「足は？　大丈夫か？」

「……」

弓削は詩緒の中の信仰を認めて部屋に帰るように言ってくれているのに、あっさりと気持ちを切り替えることができる弓削が恨めしい。

自分はこんなにも離れたくないと思っているのに、あまりにも冷静な弓削に腹立たしさすら覚えてしまう。

「詩緒？」

突然立ち止まった詩緒を弓削が心配そうに覗き込んだ。

「歩けないなら抱いていこうか」

甘やかすように差し出された手を振り払う。

「わたし、弓削さんと一緒にいたい」

「俺の一緒にいたいと、詩緒の一緒にいたいの意味は違うと思うけど」

「ちゃんとわかってます！　だから……弓削さんの部屋に抱いていってください」

「詩緒」

「絶対離れませんからっ」

詩緒は弓削の隙を突いて力いっぱい首にしがみついた。

「詩緒、ダメだって」

「イヤ。絶対に離さないから」

するとギュッと身体を抱き返され耳元で諦めたような深い溜息が聞こえた。

「これでも俺だって……随分我慢してたんだぞ」

「……うん」

「詩緒が煽ったんだから覚悟して」

詩緒は弓削の腕の中で何度も頷いた。

7 天地創造

旧約聖書、創世記によると神は七日間をかけて世界をお造りになったと書かれている。まず天と地が造られ、大空が造られ、海と大地、草木が芽生え、太陽と月と星、動物や鳥が造られた。

六日目に地の獣や家畜、土に這(は)うすべての者、つまり人をお造りになった。これが俗にいうアダムとイブだ。エデンの園で暮らす二人は、園にあるすべての樹の実を口にしてもいいが、禁断の実だけは触れてはいけないと言われていた。

ある日イブは蛇の姿をしたサタンにそそのかされ、禁断の実を口にしてしまう。イブに勧められたアダムもそれを口にし、二人は自分が裸であることを恥ずかしいと感じるようになった。

その実は〝善悪の知識の実〟で、神様は大変お怒りになり二人をエデンの園から失楽園へと追放したのだ。

子どもの頃から聖書の話を見聞きしていた詩緒は、この話を聞いたとき自分はサタンにそそのかされても決して罪を犯さないでいようと誓ったのを覚えている。

しかし実際には弓削が原罪に引っ張り込まれたアダムで、詩緒自身が誘惑に負けた罪深いイブだった。

神様の教えを破ってでも弓削と一緒にいたい。彼の腕の中で温もりに包まれていたいと思った。

一時の感情に流されていたとしても、自分で決断したことだ。

もしかしたら、あのときイブは自分の中のサタンの声を聞いたのではないだろうか。

最初から禁断の実が食べてみたくて、自分の中のいいわけとしてサタンにそそのかされたと思い込んだ。

こんな解釈をしたら牧師である父に怒られるかもしれないが、今日のことを誰かのせいにしたくなかった。

弓削のベッドに押し倒された詩緒は、頭の隅でそんな思いを巡らせた。

掃除で寝室には何度か入ったことがあるものの、弓削のベッドの上にあがるのはもちろん初めてだ。

部屋のリネンは枕、シーツ、上掛けが少しずつ色の濃さが違うワインレッドで、真凜がコーディネイトしたと聞いていたが、この部屋で見る弓削は恐ろしく色っぽく見える。

真凜はなにを考えてこの色を選んだのだろうと考えてしまう。

「詩緒、このシーツの上だと……なんかヤバいな」

弓削も同じことを感じたのか、そう呟（つぶや）いて剥き出しの肩に唇を押しつけてきた。

首筋や耳の下を柔らかな唇がかすめて、くすぐったさに首を竦めると、チュッと唇を吸われて名前を呼ばれた。

「詩緒。そういえば、足は？」

「あ……」

足を痛めていたことをすっかり忘れていた詩緒は、慌てて起き上がる。すると足首を弓削の指がそっと撫でた。

「少し……腫れてるな」

「でも、もうそんなに痛くないです」

「ちょっと待ってて。こういうのは放っておいたらダメだ」

弓削は部屋を出て行ったかと思うと、救急箱を手に戻って来た。

「見せて」

「じ、自分でできます……」

慌てて引っ込めようとした足首を摑まれる。

「いいから大人しくしてろって」

弓削は湿布と包帯を出すと、手早く詩緒の足に巻き付けていく。

その仕草は手慣れていて、やはりスポーツ選手だったからだろうかと考えているうちに手当が終わってしまった。

「はい。おしまい」

弓削は優しく言うと、包帯を巻き終えた足首をそっとベッドの上に降ろした。

「包帯で固定してあるから少しぐらい動いても大丈夫だと思うけど、明日も痛みが続くようなら病院に行こう」

「はい。ありがとうございます」

弓削が救急箱を片付けるのを見ていたら急に恥ずかしさがこみ上げてきた。

手当とはいえ男の人にこんなふうに足に触れられるのは初めてだ。しかも今、それよりもさらにすごい行為を自分から弓削に求めようとしている。

ここまで来て冷静になった弓削に拒まれたらどうしようかと不安になってきた。

するとベッドの上に戻って来た弓削が、詩緒の身体を優しく抱き寄せた。

「詩緒。誤解されたくないから先に言っておくけど、この部屋に入った女は詩緒だけだから」

それは真凜からも聞かされていたけれど、改めて言ってくれることが嬉しい。自分の心配が杞憂だとわかり、不安だった気持ちがふわりとほどける。

「でも、真凜さんもいるじゃないですか」

「だからアイツは俺と同じオッサン」

顔をしかめる弓削に、思わず噴き出してしまった。

「よかった。さっきから顔が強張ってるからどうしたらいいかと思ってたんだ」

「そんな顔、してました？」

「まあね。女の子は初めてだと怖いだろ？　もし詩緒がやっぱり考え直すっていうなら」

詩緒は弓削の言葉を遮るようにその首にしがみついた。

「何回考えても、わたしの気持ちは変わりませんから。弓削さんこそ、今さら帰れって言わないでくださいね」

「了解。じゃあ今夜は覚悟してもらおうかな」

耳朶に息が触れて、その刺激に身震いしてしまう。

「あの、わたしはなにをすれば……」

「詩緒はなにもしなくていいの。最初は少し怖いかもしれないけど、全部俺に任せて」

鼻先が触れるほど間近で瞳を覗き込まれて、小さく頷くと唇が塞がれシーツの上に倒れ込んでいた。

「ん……っ」

弓削とのキスは好きだ。詩緒は自分から唇を開き、深いキスを受け入れた。

最初にキスをされたときから、ざらついた舌が口腔を撫で回す刺激が気持ちよかったと言ったら、弓削は驚くだろうか。

「は……んぅ……ぁ」

耳孔に響くクチュクチュという水音が官能をかき立てる。深いキスをするとこんな音がするのだと頭の片隅で考えているうちに、真凜がプレゼントしてくれたワンピースの裾が捲り上げられ、熱い手が膝頭を撫でた。

手のひらは何度かクルクルとあやすように膝頭に触れ、ゆっくりと内股を撫で上げる。ただ肌が触れあっているだけだ。それだけのはずなのに、下肢の中心がキュンと痺(しび)れるような気がして詩緒は小さく身体を震わせた。

下着に触れられるのだろうかと身体を硬くすると、期待をよそに手のひらは降りていき、同じように反対の足の膝頭や太股を何度も往復する。

焦らすような刺激がもどかしく、詩緒はそれを誤魔化すように自分から積極的に舌を絡めた。

「ん、は……んぅ……っ」

口角から滴が伝い落ち、熱い粘膜がヌルヌルと擦り付けられる。弓削とひとつに溶け合っているような錯覚を起こしてしまいそうな、深いキスだった。

「詩緒、待って……すご、い……」

弓削が身を起こしたせいで、唇が離れてしまう。官能的なキスに夢中になっていた詩緒は、子どものように鼻を鳴らした。

「や……離れちゃ……」

キスの快感で潤んでしまった瞳で見あげると、なぜか弓削はうっすらと頬を染め、片手で唇を覆っている。

「……弓削さん？」

詩緒の問いかけに、弓削は苦笑いを浮かべる。

「俺、女の子にこんな熱烈なキスされたの、初めて」

なんだか積極的だと言われたようで恥ずかしかったが、弓削がそれを嫌がっているようには聞こえない。むしろ初めてのことを喜んでいるみたいだ。

「あ、当たり前です。弓削さんの初めては全部わたしのものです」

詩緒は真顔で言い返した。

「ぷっ。それ、普通男の台詞だよ」

弓削は噴き出しながら詩緒を抱き起こすと、さっと背中のファスナーを下ろす。

赤いチェックのワンピースの下から、ベビーピンクのシンプルなブラが現れた瞬間、詩緒は急に恥ずかしくなった。

弓削のこれまでの女性遍歴を考えれば、こんな子どもっぽい下着を身に着けた女性などいなかったはずだ。

「あの、自分で……」

ブラの肩紐(かたひも)にかかった弓削の手を押さえると怪訝(けげん)そうに顔を覗き込まれた。

「どうして？」

「だって、こんな子どもっぽい下着……」

そう口にしただけで、頬が熱い。弓削にすべてを見せてもいいと覚悟は決めているけれど、それとこれとは別だ。

「詩緒らしくてカワイイ。むしろ普段清純派の詩緒が赤とか黒とかどぎつい色の下着だった方が引くから。それでも恥ずかしいなら脱がせてやるよ」

「え」

そういう意味ではないのに。そう思っている間に抱きしめるように背中に手が回され、あっと言う間にホックが外されて胸元が楽になる。

「きゃ……」

とっさに胸元を手で覆うより早く、腕からブラが引きぬかれていた。

あまりにも手慣れている仕草が悔しいが、それを訴える前に抱き上げられ、ふたたびシーツの上に背中を沈められていた。

胸元を覆っていた両手が左右に開かれているせいで、白い胸の膨らみがまるで突き出すように弓削の目の前に晒されてしまっている。

見られていると思うだけで膨らみの先端がジンジンと痺れて、痛いぐらいだ。

しかも弓削はそんな詩緒の身体をゆっくりと視線で撫で下ろしていく。

触れられてもいないのに項の辺りがチリチリして、呼吸が浅くなる。弓削はさらにそんな詩緒をじっくりと観察したあとに、やっと口を開いた。

「……怖い？」

囁くような声音に、詩緒は首を小さく横に振った。

「なるべく優しくするつもりだけど、イヤになったらちゃんと言って。俺さ、今メチャクチャ緊張してるんだ」

言われてみれば、弓削にしては声が上擦っている気もする。

いつも詩緒を誘惑するときは大人の魅力全開の弓削が、緊張することなどあるのだろうか。

すると弓削が自嘲するように笑った。

「今すぐ詩緒をメチャクチャに抱きたいぐらい余裕がないのに、そうするのが怖いんだ。本当に好きな子を抱くの、初めてかも。だから詩緒と一緒だよ」

「弓削さん。ギュッとしてください」

詩緒の言葉に弓削は口許を緩めてそっと抱きしめてくれた。

「わたし少しぐらい乱暴にされても大丈夫です。丈夫だし、それに弓削さんが好きだから、ちゃんと受け止められます」

「詩緒。処女のくせにそういう男を煽るようなことを言っちゃダメだ。それでなくても、俺はギリギリなんだから」

煽ったつもりなどないし、自制していない弓削がどんなふうになるのかも想像がつかない。ただこうして詩緒を見下ろす目の奥に、なにか燃えるような光があるのを感じた。

チュッと音がするキスをされ、唇が詩緒の顔の輪郭を辿るようにゆっくりと降りていく。顎の下のくぼみや浮き出た鎖骨に触れ、首筋から耳朶へと滑る。

熱い唇は剝き出しになっていた小さな耳朶を口に含むと、詩緒が小さく声をあげるくらいの絶妙な力加減で歯を立てた。

「あ、んん……っ」

くすぐったさに首を竦めると、耳孔にぬるついた舌が潜り込んできた。

「や、は……ぁ……」

キスで漏れた水音よりも間近で聞こえる淫らな音に、頭の芯がジンジンと痺れる。

詩緒が肩を揺らすと、長い指がすでに尖り始めた乳首の周りを優しくなぞった。

「あ、あ……んんっ」

焦らすように尖端を突いたり、擦られる。強い刺激ではないのにビクビクと身体が跳ねて、詩緒の唇から甘い声が漏れた。

「詩緒、反応よすぎ」

耳元で囁かれ、くすぐったくて仕方がない。小さく頭を振ると、嬌声を漏らす唇をキスで塞がれた。

「んぅ……っ」

先ほどよりも乱暴なキスに口の中を犯されているような気持ちになる。口の中が弓削でいっぱいになってとろとろに蕩けてしまい、足で膝を割られてもされるがままになっていた。

キスは耳朶や唇だけに留まらず、ふたたび首筋をなぞると、弱い刺激だけでぷっくりと膨らんでしまった乳首にたどり着いた。

口腔を犯していた熱い舌先で舐められ、詩緒は胸を差し出すように背中を反らせてしまう。弓削はその尖端を待っていたかのように口の中へ迎え入れた。

「ひぁ……ぅ」

指先で焦らされていた胸の頂への強い刺激に身を捩ると、弓削の体重がそれを押さえつける。

貪るように乳首をしゃぶられ、そのぬるついた感触が恥ずかしくてたまらない一方で、身体がひどく反応してビクビクと震えてしまう。

「あ、や……ぁ……ん」

「これも好き？」

ちゅぷちゅぷと音を立てて唇で乳首を扱かれる。

「あ、は……ん、んぁ……っ」

甘ったるい声に応えるように、もう一方の胸に長い指がくい込み、やわやわと揉み上げられる。指の間から熟れきった乳首が飛びだし、指先で捏ね回された。

「や、ダメ……そんなにしたら……ぁ、あ、ああ……っ」

親指と人差し指が尖端を摘まみ、何度も強く擦りあげる。詩緒は快感のあまりぐずぐずと鼻を鳴らしてしまう。

胸の尖端がジンジンと痺れて、自分のものではないみたいだ。気がつくと足の間に違和感を覚えて、その場所を濡らしてしまっているのがわかった。

「あ、ん……ダメェ、わ、わたし……そ、そこばっかりされると……おかしくなるみた

い、だから……んんっ」

詩緒が顔を赤くして訴えると、弓削は胸から口を離し今度は強引に唇を塞いできた。言葉どころか息もできないほど深く唇を覆われ、頭の中が真っ白になる。その間に唾液で濡れそぼった胸の尖端を捏ね回され、もう一方の手が下肢に這わされた。

「ん、んんぅ……」

下着の上から下肢の中心を撫でさすられ、意思に反して腰を揺らしてしまう。快感を覚えると同時に恥ずかしさがこみ上げて来て、詩緒は潤んだ瞳で弓削を見あげ、必死で首を横に振った。

「ん、ん、んぁ……っ」

「その顔……かわいすぎ」

唇を解放した弓削は、口角から流れ落ちる滴を舌でねっとりと舐めあげた。

「詩緒、すごく濡れてるのわかる?」

下着の上からさすられているだけなのに、自分でもその場所がぬるついていることを知っていたから、指摘されると恥ずかしさに消えてしまいたくなった。

「ご、ごめんなさい……」

なんだか悪いことのような気がして謝ると、弓削が軽く眼を見張り、それから小さな笑いを漏らした。

「詩緒、覚えておいて。男は自分の愛撫(あいぶ)で女の子がカワイイ声をあげたり、ここを濡らしてくれるのが嬉しいんだ」

　言葉と共に、下着の下で疼く場所をクリクリと捏ね回される。その刺激で、また自分の中からいやらしい蜜が溢れ出すのを感じて、詩緒は身体を震わせた。

「恥ずかしいかもしれないけど、もっと濡らした方があとが楽だから」

　そう言われてもなにが楽なのかわからない。なにもわからない詩緒はただ弓削に身を任せるしかなかった。

　すでにぐっしょりと濡れた下着を足の間から引き抜かれ、膝を折り曲げるように片足を大きく持ち上げられる。

「あ……」

　潤んだ場所が空気に触れて、その刺激にも胸がざわついてしまう。

「詩緒はここ、自分で触ったことなんてないだろ？」

　こくんと頷くと、ぱっくりと開いたその場所に、弓削の男らしい指が触れた。

　溢れる蜜を秘唇に塗り込め、重なり合った襞をやわやわとほぐしていく。自分でもよくみたことのない場所を男性に見られているなんて不思議だった。

「は、ん……ん……や……」

　少しずつ指の動きが大胆になり、ぬるつく指の刺激に詩緒は無意識に腰を浮かせる。すると弓削がもう一方の足も肩に担ぎ上げてしまう。

　自然と腰が浮き上がり、濡れそぼった場所を弓削の目の前に晒してしまうことになる。

「あ、やぁ……っ」

いくら弓削に身を任せるといっても、これは恥ずかしすぎる。詩緒はせめてもの抵抗

で、顔を両手で覆った。

「や、見ないで……」

「大丈夫だよ。すごく綺麗だし、ここも膨らんでてかわいがりがいありそうだから」

指先が重なり合った秘唇を割り開き、隠れていた小さな粒を剝き出しにする。

「いや、そこは……いやぁ……っ」

本能的に危機を感じた詩緒はなんとか逃げようと腰を揺らすけれど、しっかりと足を抱え込まれどうすることもできなかった。

淫らに潤んだ秘処に弓削がゆっくりと顔を近づけている姿を目にして泣きたくなった。弓削の指やキスでこんなにもいやらしく濡らしてしまっていることを暴かれているのに、身体が疼くのを感じる。

弓削の口から赤い舌が覗くのを見て、詩緒は自分が次になにをされるのか期待していることに気付いてしまった。

もっとなにも考えられなくなるぐらい乱して欲しい。そんな浅ましいことを考えた瞬間、熱い舌が詩緒の一番淫らな場所を舐めあげた。

「ひぁ……ぁあっ！　あっ、ああっ」

指とは違う強い刺激に、シーツに背中を擦り付けるようにして身を捩る。

剝き出しになった秘唇をざらついた舌が何度も舐めあげ、そのたびに詩緒の身体に電流が駆け抜けた。

恥ずかしい。それなのにいつまでも触れられていたい。眩暈のようにクラクラしてしまい思考がまとまらない。

「は……ぁ、あ、あ、あぁ……っ」

詩緒の身体から止めどなく溢れ出す淫らな滴は、弓削の指を、唇をしとどに濡らしていく。

舌先で赤く充血した粒を突かれ、強すぎる刺激に詩緒は腰を跳ね上げてしまう。

「やぁっン!!　そこは……しな……で……っ」

ジタバタともがく詩緒の身体をさらにしっかりと押さえつけ、熱い唇が膨らんだ花芯をチュチュッと音を立てて吸いあげる。

同時に開き始めた蜜壺の入口に長い指が差し込まれて、詩緒の中で渦巻いていたなにかが大きく弾けた。

「ああっ！　あっ、あっ……だめぇ……ッ」

腰が勝手にガクガクと痙攣して、身体の奥からなにかがドッと溢れ出してくる。

目の前が一瞬真っ暗になり、それから高い場所から突き落とされるような不思議な感覚に襲われた。

「はぁ……あぁ……あ……」

ひくひくと身体を震わせたあと、信じられないぐらいの脱力感に身体を弛緩させると、弓削がやっと身体を解放してくれた。

自由になったといっても手足に力が入らず、だらりとシーツの上に身体を投げ出してしまう。その身体を弓削が優しく抱き寄せた。

「詩緒？　ごめん、あんまり詩緒がカワイイ反応をするから……初めてなのにやり過ぎた」

頬に唇を押しつけられ、詩緒は弓削の肩口にしがみついてふるふると首を横に振った。

「もうイヤ？　今日はやめようか」

もう一度首を横に振ると、弓削がホッとしたように顔のあちこちに口付けてくる。

一度達したせいなのか身体中が敏感になっていて、軽く触れられただけで肌が震えてしまう。

「ん、や……ちゃんとキス、してください」

「うん」

優しく唇が塞がれ、ふたたび下肢に手が這わされる。

すでにとろとろに蕩けてしまった蜜口は、すぐに弓削の指をぐっしょりと濡らしてしまった。

「ふ……ぁ」

何度か辺りをさ迷った指は、ゆっくりと詩緒の中に沈められる。

キスに夢中になっていた詩緒がビクンと身体を震わせると、弓削が安心させるように囁いた。

「大丈夫。続きがしやすいように指でならしておくんだ。痛くしないから、身体の力を抜いて」

弓削が大丈夫だというのなら怖くない。詩緒が小さく頷くと、弓削は唇を滑らせて、すっかり熟れきった乳首に唇を寄せた。

先ほどは指や唇で強く扱かれたのに、今度は舌で弄ぶように転がされ、新たな快感が押し寄せてくる。

胎内に沈んだ指は痛くはないが、ゆるゆると探るように動く指の違和感にその動きを追ってしまう。

「は……んっ……」

指はいったん中ほどまで引き抜かれて、ふたたび指の付け根まで届くほど深く押し込まれる。

「あ、あ……っ」

指に掻き出されるように熱いものが溢れてくるのを感じて、詩緒は胸を愛撫していた弓削の頭を抱え込んだ。

「気持ちいい？」

クチュクチュと音を立てながら指が抜き挿しされるけれど、よくわからない。

指を二本に増やされ、さらに胎内をかき回されると、身体の中で少しずつ新たな熱が膨らんでくる。

「は……あっ……はぁ……っ」

指の動きに合わせて唇から嬌声が止めどなく零れ、いつの間にか部屋の中は詩緒の甘い声でいっぱいになった。

「詩緒の声を聞いてると、俺も我慢できなくなる」

まるで声を封じるようにキスで唇を奪われ、詩緒の声は弓削の中に呑み込まれていく。

「んぅ……ん……ん、ふ……っ」

もう何度目かわからなくなってしまった弓削との深いキスに、自分でも信じられないぐらい積極的になり、詩緒は夢中で舌を絡める。

自分は相当キスが好きらしい。詩緒が頭の片隅でそんなことを考えているとなぜか弓削が身体を起こし離れてしまう。

「……弓削さん？」

ベッドを降りる弓削の後ろ姿に声をかけると、弓削はなにかを手に戻って来た。

手にしていたのは避妊具で、詩緒が戸惑っている間に準備を終えた弓削は、詩緒の上に覆い被さり足の間に身体を滑り込ませた。

「次は詩緒の手でつけてもらおうかな」

冗談とも本気ともつかない口調で囁かれ、詩緒は困ってしまう。しかし答えを思いつくよりも先に濡れた秘唇に熱の塊を擦り付けられ、その刺激になにも考えられなくなった。

「あ、んっ……ゆげ、さ……」

「挿れるよ。少しだけ……我慢して」

蜜口にゴリゴリと硬いものが押しつけられて、弓削の欲望の大きさに気付く。これを胎内に挿れるのだろうか。

指よりも数倍太く固い剛直に、詩緒が不安で及び腰になったときだった。

切っ先が蜜口に押し当てられ、ゆっくりと隘路を押し開かれる。

「あ……」

「大丈夫。怖かったら俺にしがみついて。なるべく早くするから」

熱く滾った雄が意を決したように狭隘な場所へと突き入れられる。

弓削の首筋にしがみついていた詩緒は驚きに目を見開き、微かな声をあげた。

「い、ぁ……っ」

痛い。そう口にしてしまったら、弓削は途中でもやめてしまうような気がして、詩緒は必死で喉から漏れそうになる悲鳴を封じ込める。

「はっ、あっ、あ……ん」

苦しそうに浅い呼吸をしてやり過ごそうとしたけれど、破瓜の痛みは想像以上だった。

泣きたくないのに眦から涙が伝い落ち、シーツへと転がり落ちていく。それに気付いた弓削が、眦に口付けた。

「ごめん」

そう呟いた声は掠れていて、弓削も苦しそうだった。

「い、いの。へーき……だから……」

詩緒は唇の熱さを感じながら、自分から弓削の身体に腰を押しつける。

「く……っ」

弓削は小さく息を詰めると、いったん雄芯をギリギリまで引き抜く。

一瞬楽になったことに安堵した詩緒が身体の力を抜くと、弓削はその隙を狙って素早く自身を詩緒の胎内に沈めてしまった。

「あ、ああっ」

膣洞が滾った雄でいっぱいに埋められ、これ以上動くことなどできないぐらいの圧迫感だ。

もう押すことも引くこともできないのではないかと心配になるほどだった。

それでも深いところで弓削と繋がることができたのを実感できて、詩緒は嬉しくて弓削の首に回していた腕に力を込めた。

「これで全部挿ったからもう大丈夫だ。怖かった？」

「少し……でもこれで終わりだなんて、もったいない気がして」

すると、詩緒の両脇に腕をついて身体を起こした弓削が、クスリと笑いを漏らした。

「まだ終わらないよ。痛みのあとはご褒美があるんだ」

「……え……ひぁっ！」

くぷんという音とともに楔が引き抜かれる。そして痛みを感じて戦慄く膣洞にふたたび押し込まれた。

ずん！　と子宮にまで響く衝撃に、詩緒は腰を浮き上がらせる。

「や、は……ああっ」

「ほら、もう柔らかくなってきた。詩緒の胎内が絡みついてくる」

言葉通りさっきまで痛みに緊張していた隘路は蜜に濡れ、弓削の動きをスムーズにしている。

弓削が動くたびに濡れた音がして、それが自分のものだと思うと恥ずかしくてたまらないのに、もっとたくさんして欲しいと思ってしまう。

「はぁ、あっ……あ、あ、ああっ」

「詩緒、詩緒……っ」

何度も繰り返し名前を呼ばれて、そのせつなげな声に身体の奥がキュンキュンと痺れてしまう。

硬い肉棒がグチュグチュと詩緒の胎内で卑猥な音を立てているのに、それすら快感に思えてくる。

「はぁ……あ、あ、ああっ」

「詩緒、痛くない？　気持ちよさそう」

最初は探るようだった律動が少しずつ激しくなり、詩緒を突き上げる。快感のあまりガクガクと身体が震えだし、詩緒はその甘い愉悦が苦しくて涙目になる。

「や……あっ……そんなに、しちゃ……っ」

大きな波に飲み込まれそうで怖い。それなのに、弓削はさらに足を大きく広げさせ、突き上げを強くした。

「ひ、ぁ……あ、あ、ああ……っ、や、これ、いやぁ……っ」

突然結合が深くなり、突かれるたびに新たな快感が身体中を駆け巡る。

先ほど指や舌で愛撫されたときもおかしかったが、もう自分ではどうすることもできず、この痛みにも似た快感に身を任せるしかなかった。

弓削が詩緒の細腰を抱え上げたせいで、お尻や足が浮き上がる。頼るもののない身体を何度も突かれて、詩緒は一際高い声をあげた。

「や、あ、あ、ああっ!!」

胎内が何度も強く収斂(しゅうれん)して、弓削の雄を強く締めつける。その刺激に弓削は小さなうめき声を上げ、ひとつふたつ強く抽挿を繰り返したあと、すっかり汗ばんだ詩緒の身体の上に倒れ込んだ。

「は……ぁっ、はぁ……っ」

息を乱しぐったりとベッドの上に身体を投げ出す詩緒を、弓削の腕が強く抱きしめた。

その重みの心地よさに目を閉じると、密着した胸から弓削の鼓動が伝わってくる。

こんなふうに好きな人の心臓の音を感じること、生きている証を確かめることこそが、

神様がくださる祝福なのかもしれない。

「詩緒、ありがとう」

弓削の掠れた声が、詩緒にとってはなによりも特別な愛の言葉に聞こえた。

8　信ずる者となれ

詩緒が眼を覚ましたとき、遮光カーテンの隙間から朝の光が差し込んでいた。見慣れない景色にしばらくぼんやりして、身体のだるさに寝返りを打つと、驚くほど間近に弓削の寝顔があった。

昨夜この部屋で弓削に抱かれたことを思いだして、かあっと頬が熱くなる。

こんなふうに衝動的に男の人と結ばれることはないと思っていたのに、自分の心の変化に驚いてしまう。

もっと後悔とか自己嫌悪でいっぱいになるのかと思っていたが、今は弓削と結ばれた喜びで胸がいっぱいだった。

「ありがとう」

まさか男性と結ばれて、そんなふうに言われるとは考えたこともなかった。

――この人を好きになってよかった。

詩緒は軽い寝息を立てる弓削の顔を見つめて心からそう思った。

「ん……」

詩緒の気配で目が覚めたのだろう。弓削の眉間にほんの少し皺（しわ）が寄せられ、それからゆっくりと瞼（まぶた）が上がっていく。

「……おはよ」

「おはようございます」

同じベッドの中で朝の挨拶を交わすのはなんだか胸の奥の方がくすぐったい。

見つめ合っていることが恥ずかしくてつい目をそらすと、頭を引き寄せられて、優しく唇を吸われた。

「今日もカワイイ」

昨夜と変わらぬ甘い空気に、詩緒は我慢できなくなって弓削の胸に顔を伏せてしまった。

「隠さなくてもいいのに」

「弓削さんがおかしなことを言うからです！」

「嘘（うそ）はついてない。本当にカワイイと思ってるんだから。特に昨日の夜はかわいかったけど」

暗に昨夜の行為を仄（ほの）めかされて、さらに恥ずかしさが募る。

途中からよくわからなくなってしまったけれど、弓削に身体中を愛撫（あいぶ）されて、子どものようにグズグズと甘えてしまった。

神様の教えを守ると豪語していた自分が恥ずかしい。

「……わたしのちっぽけな理性なんて欲望に勝てないことがよくわかりました」

ぽつりと呟くと、弓削が詩緒の長い髪を撫でた。

「やっぱり、後悔してるか……」

溜息交じりに呟かれ、詩緒は慌てて顔を上げる。

「違います！　欲望に流された自分の弱さは反省してますけど、弓削さんとこうなったことは後悔してません！」

詩緒は誤解されたくなくてきっぱりと言い切った。すると弓削は眦を下げて微笑み、詩緒の身体をギュッと抱きしめた。

「じゃあ俺も一緒に懺悔するよ」

「はい」

それは詩緒にとっては、愛の告白のような言葉だった。その一言だけで、胸がいっぱいになる。

弓削に今感じていることを、自分の胸の内を見せることができたらいいのに。

うまく気持ちを伝えることができないもどかしさに、弓削の胸に頬を押しつける。こうしてギュッとしがみついていれば、少しは気持ちが伝わるかもしれない。

「詩緒。朝からそんなに熱烈にされたら変な気分になる」

「……えっ？」

詩緒の問いに答えるように大きな手で背中を撫で下ろされる。その思わせぶりな手つきに、詩緒は弓削の腕の中でビクンと身体を揺らした。

「弓削さん……？」

「しっ」

見あげようとした顔を胸に押しつけられる。身体を撫で下ろしていた手が、寝間着代わりに着せられた大きなTシャツの裾を捲り上げた。

「あ……っ」

詩緒が小さな声をあげたときだった。

ドタドタと足音が聞こえてきたかと思うと、派手な音を立てて寝室の扉が開いた。

「いやーーっ！　アタシの詩緒ちゃんが！」

響きわたった悲鳴に、詩緒はベッドの上に起き上がった。

「真凜さん⁉」

「し、詩緒ちゃん‼」

昂奮しているのか、真凜はひくひくと頬を震わせながら弓削を睨みつけた。

「アキ！　あんた約束破ったわね！　アタシ、デートは許したけど日付が変わるまでに部屋に送り届けるように言ったでしょ。それなのに自分の部屋に連れ込んで」

「約束なんてしてないだろ。そもそもおまえがドタキャンしたんだから」

「それはあんたが詩緒ちゃんの前だと態度が違うから、少しぐらいは協力してあげようと思って……だからってやっちゃっていいなんて言ってません！」

「おまえ！　やっちゃったとか身も蓋もない言い方するなっ！」

詩緒には真凜の言葉が支離滅裂でよくわからないのに、弓削とはかみ合っているようだ。

「詩緒ちゃんがこんな時間になっても起きてないなんておかしいと思ったのよ。いつもならカワイイ癒やしの笑顔で〝真凜さん、おはようございます〟ってコーヒーを淹れてくれるのに。体調が悪いのかと思って部屋を覗いてみたらいないんですもの。昨日着ていったはずのワンピースもないし、まさかとは思って来てみたら……!!」

今や真凜は目を潤ませて、哀れむような目で詩緒を見つめている。

「この色情魔！　変態！　こんなかわいくて初心な子に手を出すなんて。心を入れ替えたと思って信用したアタシがバカだったわ」

あまりの言われように弓削が可哀想になり、詩緒は思わず口を挟んだ。

「真凜さん。待ってください！　弓削さんは部屋に帰るように言ったのに、わたしが誘ったんですから」

「……さ、誘った？　詩緒ちゃんが？」

詩緒の爆弾発言に、怒り狂っていた真凜はぽかんと口を開けてフリーズしてしまう。

「そうです！　嫌がる弓削さんをわたしがむりやり」

「しーおー。言い方おかしいから」

半身を起こしていた弓削が、頭を抱えながら起き上がった。

「リン。現実を見ろ」

その一言に固まっていた真凜がふたたび悲鳴をあげる。

「いやーっ！　裸じゃないの!!　そんな格好でアタシの詩緒ちゃんとベッドに!!」

「仕方ないだろ、ちゃんと合意の上なんだから。それに安心しろ。ちゃんと下は穿いてる」

「なんなのよ、安心って!!　きいいっ！」

叫ぶだけ叫んで怒りが落ち着いたのか、大きく溜息をついた真凜は改まった顔で弓削を睨みつけた。

「アキの中じゃ同意の上ならめでたしめでたしと思ってるんでしょうけど、それだけじゃ済まないことが起きてるのよ」

真凜はそう言うと、スマホを操作してディスプレイを二人に向けた。

「……動画？」

スマホの小さな画面には見たことのある景色に、弓削とその腕に抱かれた詩緒の姿が映っている。弓削の胸に顔を埋めているけれど、このワンピースを見れば映像が昨夜のものだと一目瞭然だ。

「これ……」

「チッ！　くそっ！」

詩緒の呟きに、弓削の舌打ちが重なる。

やがて質問攻めにされ、怒り狂った詩緒が顔を上げ記者に食ってかかった映像になった。

幸い詩緒の顔にはモザイクがかけられているけれど、なにも知らない人が見たら恋人同士とか密会とかそんなふうに見えるだろう。

「週刊文潮のデジタル記事よ。最近は雑誌の発売日待たなくてもすぐに記事にできるんだから怖いわよね。この動画によると、続報は明後日発売の雑誌でってなってるわ。なにを書かれるんだか」

真凜がお手上げだという顔で首を横に振る。

詩緒は繰り返し流れる自分の映像を見つめながら、呆然（ぼうぜん）として呟いた。

「これって……誰でも見られるんですか？」

「全国どころか、ネットで全世界配信よ。今テレビつけたら、ワイドショーでもガンガン流れてるでしょうし。大丈夫よ。詩緒ちゃんは名前も顔も出てないから、自分じゃないって突っぱねることもできるから」

そう言われても、まだこれが自分にどう降りかかってくるのか理解できない。ふと田舎の両親はワイドショーなど見ないから、気付かないといい。そんなことをぼんやりと考えた。

それに弓削がこんなに騒がれるほどの有名人だという認識がなかった詩緒にも責任があるのに、真凜は一方的に弓削の責任だと決めつけている。

「アキ、あんたこれをどう落とし前つけるつもり？　詩緒ちゃんはあんたが今まで適当に相手をしてきた芸能人でもなんでもない、普通の女の子なのよ」

「……ごめん」

弓削の苦しげな呟きを聞き、詩緒はなんだか自分が蚊帳の外に出されたような気がして二人に食ってかかった。

「どうして弓削さんが謝るんですか⁉　悪いのはわたしです。弓削さんは黙ってろって言ったのに記者の人に言い返したのはわたしじゃないですか！」

「詩緒は悪くないよ」

「とにかく詩緒ちゃんはアタシの部屋に帰りなさい。なにか対策をするにしてもここにいたらいいわけもしにくいでしょ」

「でも！」

言い返そうと口を開いた詩緒の言葉を弓削がぴしゃりと遮った。

「詩緒。リンの言う通りにして」

目覚めた時の甘さの欠片もない声音にドキリとして口を噤む。

詩緒のせいで大変なことになったから、怒っているのかもしれない。

弓削は素早くベッドから降りると、手近にあったTシャツを頭から被る。

「取りあえず会社にも問い合わせが殺到してると思うから、その対応をする。リン、詩緒のこと頼む」

「わかったわ。大丈夫よ、詩緒ちゃん。騒がれるのはアキだけだから」

真凜はそう言ったけれど、騒動はさらに大きくなってしまった。

しばらくは真凜の部屋で大人しくしているように言われ、詩緒も素直にそれを受け入れた。

　昨日痛めた足はまだ少し腫れていたけれど、幸い生活には支障がなさそうだ。詩緒の包帯姿を見た真凜が大袈裟に騒いだが、詩緒は普通に歩き回っていた。

　それに家の中でできることと言えば限られていて、真凜に頼まれた領収書の整理や家の中を丁寧に掃除することぐらいだった。

「詩緒ちゃん。これからちょっとだけ会社に顔を出さないといけないの。夕方には戻れるから、それまでひとりでも大丈夫？」

　よほど詩緒が心配なのだろう。真凜が不安に顔を曇らせながら言った。

「大丈夫です。子どもじゃないんですから、真凜さん心配性過ぎますよ」

「だって〜アキのせいで詩緒ちゃんがマスコミの餌食になるなんてイヤなんだもの」

　今回のことで、真凜は弓削が詩緒を巻きこんだとかなり怒っている。何度も詩緒にも責任があるのだと訴えたけれど、こうなることがわかっていた弓削が、なにも対策をしていなかったことに腹を立てているらしい。

「お仕事があるのに迷惑をかけてしまってごめんなさい」

「迷惑だなんて思ってないわ。むしろ詩緒ちゃんがいるといつも家中ピカピカだし、美味しいご飯が出てくるし、とっても助かってるの」

「じゃあ、今日もおいしいものつくって待ってますね」

「まあ楽しみ！　なるべく早く戻るわね」

詩緒は真凜を見送ると、ふたたび残りの仕事に手を付けた。

しばらくは預かった領収書をパソコンに入力する作業に没頭していたけれど、ふと今朝の弓削の様子を思い出した。

真凜の部屋に帰るように言った弓削の顔は強張っていて、昨夜の魅力的な彼とは別人のようだった。

やはりあのとき記者に言い返したのがよくなかったのだ。そのせいで映像をネットで流されて、結果的に彼に迷惑をかけてしまった。

もしかしたら、詩緒と関わったことを後悔していたのではないだろうか。

「ああっ！　もう!!　やめやめ！」

ひとりでいるとネガティブな思考で頭がいっぱいになりそうで、詩緒は叫びながら立ちあがった。

こんなことばかり考えていたら仕事でミスをしてしまう。それなら気分転換に家事をした方が生産的だ。詩緒は少し早いけれど、真凜のために夕飯の支度をすることにした。

もしかしたらマスコミ対策で会社に行っている弓削も、食事ぐらいは一緒に食べてくれるかもしれない。

真凜がカニクリームコロッケが食べたいと言いだし、食材はすでにネットスーパーで注文したものがお昼過ぎに届いている。

真凜が帰ってきたら揚げればいいところまで準備をしておこうと、詩緒は下ごしらえを始めた。

「あ！」

いざベシャメルソースを作ろうと冷蔵庫を開けて、バターがないことに気付く。

詩緒は時計を見あげて少し悩んで、マンションのそばのコンビニに行くことにした。少し割高になるけれど、この辺りのスーパーはどこも高級だから似たようなものだろう。

急いで行ってくれれば真凜が戻る時間には十分に間に合うはずだ。

詩緒はエプロンを外して財布を手に真凜の部屋を出た。そして自動ドアを抜けエントランスに出たところで、カメラやマイクを持った人たちが一斉に詩緒を見た。

「お！　出てきたぞ！」

「あの子じゃないか？」

「え……!?」

驚いて立ちすくんでいる間に、数台のテレビカメラや記者たちに囲まれてしまう。

「あなた、文潮さんがスクープしてた、弓削さんの恋人ですよね？」

「マンションから出てきたってことは一緒に住んでるのかな？」

「いつから弓削さんとお付き合いしてるんですか？」

「あ、あの……わたし……」

あちこちからマイクを向けられ、頭の中が真っ白になってしまう。

「昨日は弓削さんとデートだったんですか？」

「お名前は？　お仕事はなにをされてるんですか？」

記者たちの質問に交じって、

「ブス！」

「あんたなんかヒロに似合わないわよ！」

という女性の声もする。

あちこちから聞こえてくる悪意のこもった声に足が震える。どうしていいのかわからず、その場から動けずにいたときだった。

「ちょっと、通してよ!!　あんたたち人のマンションの前でなにやってるのよ！」

聞き慣れた声が耳に飛び込んできて我に返る。すぐにカメラをかき分け真凜が姿を見せたかと思うと、詩緒の肩を抱いて自動ドアの中へと逃げ込んだ。

「邪魔！　ついてこないで!!」

真凜が叫ぶ声と自動ドアが閉まる音が重なり、詩緒は引きずられるようにドアから死角となるロビーのソファーに座らされた。

「……」

まだなにが起きたのか把握できない詩緒は財布を握りしめたまま、呆然と真凜の顔を見あげた。

「心配で早く戻ってきてよかったわ。どうして外に出たりなんかしたの！」

どうしてだっただろうか。そうだ夕飯の材料が足りなかったのだ。

「ベシャメルソースを作ろうと思ったらバターがなくて……」

「そんなの電話してくれればアタシが買って帰ったのに」

「……」

「大丈夫？」

　いつの間にか隣に座った真凜が、詩緒の手を握りしめる。その時初めて、詩緒は自分が震えていることに気付いた。

「怖かったわよね」

　真凜の言葉に頷くと、いつの間にか眦に溜まっていた涙がポロリとこぼれ落ちた。

「ったく。アキ、マスコミ対策するって言ったのに、なにやってるのかしら。それにあいつら、こっちはなにも悪くないのにこんなに大騒ぎして……」

　真凜が振り返ってエントランスの方を睨みつけた。

「弓削さんも、こんなふうにカメラとかに追われてるんですか？」

「まあね。でもアイツは男なんだから自分でなんとかできるわ。それより、あの中にアキのファンもいたわね。まずいなぁ。スマホで写真撮ってたし……」

　そういえば記者たちの声に交じって、敵意剝き出しで罵声を浴びせる人がいた。

　弓削のファンの人たちだろうか。サッカー選手だというから俊輔のような男性ファンが多いのかと思っていたが、集まっていたのは女性ばかりだった気がする。

「ああいうファンは怖いのよ。思い込みが激しくて、自分はアキに会うことも叶わないのに、詩緒ちゃんにアキを盗られたって思い込んじゃうの。ほら、前にハウスクリーニング業者に潜り込んだファンの話聞いたでしょ」

「はい。それでハウスクリーニング業者を頼めなくなったって聞きました」

「今はこっちがどんなに情報を出さないようにしても、ネットで晒されたらおしまいなのよ。このあと面倒くさいことにならないといいんだけど」

しかし真凜の心配は的中してしまい、夕方には熱狂的なファンが撮った詩緒の写真がネットにアップされてしまった。

ブスだの田舎くさいだのの容姿に関する悪口は見なければいいが、先日まで勤務していた会社や詩緒の名前まで晒されてしまい真凜は怒り心頭だった。

「不倫でもないし罪を犯したわけでもないのにプライバシーの侵害だわ！　うちのお客様にインターネット関連の法律に詳しい人がいるから対処してもらいましょう。今は悪質なものは逮捕できるし、名誉毀損で訴えることもできるんだから」

夕方のニュース番組の芸能コーナーでも、早速午後の映像が使われていた。

大学時代の友人たちから安否を気遣う電話やメールがひっきりなしにかかってきて、詩緒は途中で携帯電話の電源を落としてしまった。

「これだけ騒がれるとご両親も心配するんじゃない？」

「それは大丈夫だと思います。もともとあまりテレビも見ないし……あ、ＮＨＫのニュースではやらないですよね？　だったら問題ないです」

携帯にも実家からの着信はなかったから、まったく気付いていないのだろう。もともとワイドショーのような番組は見ないし、パソコンは使うけれど事務とメール用で、わざわざネットで詩緒の個人情報が晒されているサイトなど見ないだろう。

さすがに信者さんが気付くかもしれないが、それが両親の耳に入るのは日曜礼拝のころだし、それまでにはもう少し自分の気持ちも落ち着いているはずだ。

「それならいいけど……それにしてもアキはどうしたのかしら。電話には出ないし、メッセージにも既読がつかないし」

「わたしと同じで電源を切ってるのかもしれませんよ」

「そうかしら」

真凜がそう呟いたタイミングでインターフォンが鳴り響いた。

「まさか、記者の人じゃ……」

「大丈夫。アタシの部屋はわからないはずですもの。もしかしたらアキかもしれないわ」

真凜を追ってモニターの前に行くと、画面には思いがけない人の姿が映し出されていた。

＊＊＊　＊＊＊　＊＊＊

「よかった。無事だったんだな。何度電話しても繋(つな)がらないから心配したんだぞ」

玄関に迎えに出た詩緒を見て、俊輔がホッとしたように言った。

「ごめんなさい。友だちからの着信が多くて、きりがないから電源を切ってたの」

「あなた詩緒ちゃんの……」

「芹沢です。このたびは詩緒がお世話になりました」

会社帰りなのか、スーツ姿の俊輔が真凜に頭を下げた。

「いいのよ～それより驚いたでしょ。うちのバカがごめんなさいね。昨日はもともとアタシも一緒に食事する予定だったのよ。仕事の都合でドタキャンになっちゃったの。詩緒ちゃんが足を痛めたからアキが部屋に連れて帰ろうとしてタクシーを降りたところを突撃されちゃって」

真凜のかいつまんだ説明に俊輔は何度も頷いた。弓削の部屋に泊まったことなどが意図的に伏せられているような気がしたけれど、そこまで俊輔に知らせる必要はないだろう。

「そんなことだろうと思いましたよ」

俊輔が明らかに安堵(あんど)の顔で溜息をつき、包帯を巻いた詩緒の足に視線を向けた。

「怪我は？　大丈夫なのか？」

「うん。ちょっと躓(つまず)いただけなの。昨日は少し痛かったけど、今日は全然。普通に掃除とかできるし」

詩緒は笑って足を動かして見せた。

「そうか。それならすぐに荷物をまとめてここを出よう」

「え？」

「ここにいても記者に追いかけられるだろうし、そもそもここにいることが誤解を招いているんだ。今も外にはマスコミ以外にも弓削さんのファンの女性が集まってた。詩緒になにかあったら大変だ。とりあえず僕のマンションに避難しよう」

「誤解って……」

これから弓削とどうするか今後の約束はないけれど、彼と結ばれたのは事実だ。だからさっきも記者たちにすぐに言い返す言葉が浮かばなかった。

「いくら弓削さんがプレイボーイだとしても、さすがに本気で詩緒を相手にするわけないだろ。詩緒のご両親だって心配するし、とりあえずすぐに使うものだけ持ってここを出よう」

「でも」

まだ弓削が戻っていないし、ここを出てしまったら簡単に弓削に会えなくなってしまう。そう考えただけで不安になるなんて、自分はいつの間にこんなに弓削を好きになっていたのだろう。

「あの、仕事もあるし、外は記者の人たちでいっぱいで出られないし」

「仕事はいいんだけど、マスコミの奴らがねぇ。地下駐車場から車に乗ることはできるけど、それは向こうだって想定内でしょうし」

話を聞いていた真凜が腕を組んで考え込む。

すぐに反対をしてくれると思っていたのに、意外にも詩緒が避難をした方がいいと思っているようだ。

「そうだわ！」

真凜がなにかを思いついたようで、ポンと手を叩(たた)いた。

「一階のコンシェルジュにお願いしてみましょう。実はこのマンション、他にも芸能人が住んでて前に不倫騒動かなんかでマスコミが押し寄せたことがあったのよ。その時関係者用の通用口から外に出してもらったらしいの。アキが自分もなにかあったら頼もうって冗談で言ってたもの。まあ冗談じゃなくなってるんだけど」

言われてみれば、コンシェルジュのカウンターの奥には扉があり、住民の宅配便やクリーニングを置く事務所スペースになっていた。さらにその奥が通用口になっているのだろう。

「アタシ、ちょっと下に行って確認してくるわ。もしそっちにマスコミがいないようなら、タクシーを呼ぶから詩緒ちゃんは彼の家へ避難しましょう。すぐに戻るから荷造りをしておいてね」

すでに詩緒がこの家を出る段取りになってしまっている。

自分が真凜に迷惑をかけていることはわかっているけれど、俊輔のところに行ってもそれは同じだ。

どうすればいいのだろう。いっそ一時的にでも函館に戻るという手もあるが、それにはなにも知らない両親に詳しい事情を説明することになる。

真凜の部屋に移るときに、会社を変わるから知人の家にお世話になるとだけ説明してあった。

しかし弓削と恋に落ち、子どもの頃からの教えを易々と破ってしまったことはまだ話せない。もう少し落ち着いてから話すつもりだが、まだ心の整理ができていなかった。

どちらにしてもこのままでは真凜の仕事にも差し支えてくるだろう。やはり、方向性が決まるまでの間だけでも俊輔の世話になるしかない。

結局詩緒は弓削と顔を会わせることもないまま、俊輔と一緒にマンションを抜け出すことになった。

東京に出てきて六年目になるが、俊輔のマンションに行くのは初めてだった。

大学のときは俊輔が頻繁に食事や買い物に連れだしてくれたし、就職してからもひとり暮らしを心配して何度も訪ねて来てくれたのに、詩緒から訪ねたことはない。

最寄り駅が中野であるぐらいしか知らなかったが、駅から徒歩数分の、小綺麗（こぎれい）なマンションだった。

男の独り暮らしだがきちんと片付けられていて、シンクもピカピカに磨き上げられている。

弓削のように食べたら食べっぱなし、飲んだら飲みっぱなしにしないのだろう。

ソファーの上にもふかふかに膨らんだクッションがあるだけで、脱ぎっぱなしのシャツもないし、床には裏返しで丸まった靴下も転がっていない。

それが当然なのに、弓削の部屋に行くたびにシンクに置きっぱなしにされていたグラスやペットボトルの山がもう懐かしい。

「お風呂はここ。タオルは棚の中から出してね。それと、シーツは代えてあるから、今夜は僕のベッドを使って」

「でも」

それでは俊輔はどこに寝るのだろう。間取りは１ＬＤＫで寝室はひとつしかない。

詩緒の心配に気付いた俊輔は安心させるように詩緒の頭をぽんと叩いた。

「僕はソファーで寝るから大丈夫。疲れているだろうから、朝は無理に起きなくていいよ。明日一日会社に行ったら土日は一緒にいられるから」

そう言われて初めて明日が金曜日だと気付くほど、曜日の感覚すらなくなっていた。

「俊ちゃん、色々ありがとう」

「なに言ってるんだ。牧師先生から詩緒のことを頼むって言われてたのにこんなことになって、僕も先生にもうしわけないと思ってるんだ」

「俊ちゃんは悪くないよ。わたしはもう大人なんだし」

「詩緒は世間知らずだから心配なんだよ。やっぱり詩緒のそばには僕がいないとダメなんだ。ほら、これからのことは明日考えることにして、今日はゆっくり休め」

「……うん」

俊輔にとってはいくつになっても、自分は牧師館の小さな女の子なのかもしれない。

詩緒が物心ついた時には俊輔は信者として日曜学校に通ってきていたから、兄妹のように思ってくれているのだろう。

詩緒は洗い立てのシーツに掛け替えられたベッドの上に寝転がった。

寝室もキチンと片付いていて、本棚も大きさや巻数ごとに並べられている。前に平日は仕事で外食が多いが週末は自炊もすると言っていた。これだけひとりでなんでもできるなら、きっと恋人も仕事ができるパートナーのようなタイプなのだろう。

いくら同郷とはいえ、女性を部屋に泊まらせて彼女は嫌な気持ちにならないだろうか。

明日俊輔に聞いてみようと思いながらバッグから携帯を取り出し電源を入れた。

そろそろ弓削の電話も繋がるかもしれないと思ったのだが、やはりお決まりの電源が入っていないというメッセージが流れてくるだけだった。

次に真凜にかけると、これはワンコールもしないうちに返事が返ってきた。

『詩緒ちゃん？　無事についた？』

「はい。少し前に無事に着きました。色々迷惑をかけてしまってごめんなさい」

『迷惑だなんて思ってないから謝らないでちょうだい。アタシ、人の世話を焼くのが好きなのよ。それより、アキから連絡あった？』

「いいえ。わたしもさっき電話をしたんですけど繋がらなくて」

『やっぱり』

電話の向こうの真凜が心配そうな声で言った。

真凜がこんな心配をするなんて、やはりこれだけ長く連絡がとれないことをおかしいと感じているのだろう。

「……なにかあったんでしょうか」

頭の片隅でずっと気になっていたことを口にしてしまうと、さらに不安が現実的になってくる。

すると真凜が明るい声で言った。

『大丈夫よ。マンションに帰るのがイヤだってどこかで飲んでるのかもしれないし、広報のマスコミ対策で作戦があるのかもしれないし。明日まで帰ってこなかったら、知り合いの店に現れてないか聞いてみるわ。会社に連絡を入れたっていいんだし』

「……」

『詩緒ちゃんは心配しなくていいの！　自分こそ大変なんだから、まずは自分のこと！　それにアタシが出した宿題も忘れないでね』

「はい」

詩緒は真凜におやすみを言って電話を切ると、もう一度弓削の電話番号を呼び出した。

「……」

今日は諦めた方がいい。わかっているのにもう一度弓削の番号に電話をかけた。そして先ほどと同じお決まりのアナウンスを聞いて電話を切る。

弓削はどこへ行ってしまったのだろう。今朝目覚めた時は幸せすぎてどうにかなりそうだったが、今は辛くて仕方がない。

「はぁ……声が聞きたいだけなのに、な」

詩緒は携帯電話を胸に抱いたまま目を閉じた。

9　求めよ、さらば与えられん

翌朝も相変わらずワイドショーの攻防は続いていた。といっても昨日詩緒がマンションから出てきたところを突撃されたのが最新映像で、どの番組も目新しい情報は伝えていない。

つまり昨日から連絡の取れていない弓削の行方もわからないということだった。

あまり眠ることのできなかった詩緒がテレビにかじりついていると、朝の支度を終え洗面所から出てきた俊輔がテレビの電源を切った。

「マスコミなんてあることないこと言うのが仕事だから、テレビなんて見ない方が精神衛生上いいぞ」

その通りだが、やはり気になってしまう。幸いテレビは詩緒をAさんと呼び、名前や顔を出すことはない。

どちらかと言えば詩緒とのことよりも、弓削の過去の女性遍歴を大きく扱っている番組が多かった。

昨日自分の映像がネットやテレビで流れたときは驚きすぎて現実感がなかったけれど、

一晩経ってみるとやはりマンションに残ればよかったと後悔してしまう。

「今日は家から出ないで大人しくしてること。もちろんインターフォンが鳴っても出たらダメだぞ。食べ物は冷蔵庫に入ってるし、欲しいものがあったらメールくれれば僕が買って帰るから」

「……うん」

悪いことをしていないのだから、逃げ隠れしたくないというのが本音だ。でもこのマスコミの熱狂ぶりを見れば、自分が余計なことをすれば弓削にも真凜にも、俊輔にも迷惑をかけることになるのは明らかだった。

仕事に出かける俊輔を見送り、片付いた部屋を形ばかり掃除して、詩緒は真凜に宿題だと持たされたファイルを取り出した。

それは先日打ち合わせに同行した米寿のパーティーの詳細だった。

時間や場所、招待客の人数などは決まっていて、あとはクライアントがあげた希望に添った企画を考えられるかという段階だ。

屋敷の見取り図を見るととにかく庭が広い。一瞬ガーデンパーティーにするという案も浮かんだけれど、個人宅では天候が悪かったときの代替案を考えるのが難しい。

小さな子どもたちも多いから、キッズスペースを作り、晴れた場合はそれを庭で行ってもいい。

牧師館では年に何回かバザーを行い、詩緒も小さい子どもたち向けに工作コーナーなどを作ってもてなした記憶がある。

シッターさんを入れて、子どもたちの相手をしてもらえば大人もゆっくりパーティーを楽しめるのではないだろうか。

次から次へとアイディアが浮かんできて、詩緒はそれをノートに書き留めた。

ケータリングのお手伝いも嫌いではなかったが、企画を考える方が楽しい。こういう仕事をプランナーと呼ぶそうで、真凛には興味があるなら勉強してみたらどうかと勧められた。

仕事を楽しいと思ったのは初めてで、少し戸惑っている部分もある。

就職活動を始めたときは人の役に立てる仕事、社会貢献を目的にするのなら大手企業がいいと考えていたけれど、こういう形で人を喜ばせる仕事もあるのだと知り、改めて自分の考え方が偏っていたことを知った。

この件が解決したら真凛に相談してみよう。そう考えると、今すぐにでもマンションに帰りたい気持ちになってしまう。

その日も何度か携帯に連絡をしたが、呼び出し音は鳴るのに弓削が電話に出ることはなかった。

夕方かなり早い時間に戻って来た俊輔は、詩緒が食事の支度をして待っているのを見て上機嫌だった。

「帰ってきて、誰かが出迎えてくれるのっていいな」

「俊ちゃんも独り暮らし長いもんね」

俊輔も大学から東京だから十二、三年だろうか。そろそろ結婚をしてもいい年頃だ。そういえば彼女のことを聞き忘れていたことを思い出した。

「今日はなにしてたんだ？」

スーツのジャケットを脱ぎながら俊輔が尋ねた。

「うーん。外出できないから、掃除したあとはずーっと仕事してた。ほら、言ってたでしょ、パーティーの企画を考えてるって。それより、気になってることがあるんだけど」

「なに？」

ハンガーにスーツを掛け終えた俊輔が振り返る。

「わたしがここに泊まってて、俊ちゃんの彼女さん気を悪くしないのかなって。わたしが彼女だったら、やっぱり幼なじみとはいえ女性が泊まってたら気にすると思うから」

「……それなら、気にしなくていい」

俊輔は一瞬黙り込んで、それから言った。

「今は彼女いないんだ。彼女にしたい子はいるけど」

「そうなんだ！　じゃあわたしに気にせず、週末とかデートに誘えばいいのに」

「……デートか。誘えるかな？」

「俊ちゃんカッコいいし、一流企業のエリートでしょ。それにすっごく優しいし、女の人に誘われることが多そうだし。わたしがその人だったら、絶対ＯＫだよ」

「……そっか。考えてみるわ」

「うん！」

詩緒は笑顔を返して、食事の仕上げをするためにキッチンに立った。すぐに着替えを終えた俊輔も追いかけてきて隣に並んだ。

「お。厚焼き玉子旨そう。そう言えば奥さんがよく作ってくれたよな」

俊輔の言う奥さんというのは詩緒の母のことだ。信者さんは母のことは牧師先生の奥さんという意味でそう呼ぶ。

「へへ。お母さんみたいに美味しいかわかんないけど……あ！」

詩緒が止める間もなく、俊輔が卵焼きをひとつとって口の中に放り込んでしまった。

「もう！　お祈りしてないのに、俊ちゃんお行儀が悪い！」

「した！　心の中でした！」

「嘘(うそ)つき！」

そう叫んで、それから二人で顔を見合わせて噴き出した。

俊輔とこんなやりとりをするのは久しぶりだ。

詩緒が思わずクスクスと笑い続けていると、俊輔が改まった口調で言った。

「あのさ、詩緒はやっぱりあのマンションを出た方がいいと思う」

「え？」

「この騒ぎが収まっても、結局弓削さんと関わってたらまたなにかに巻きこまれるかもしれないだろ。僕はサッカー選手としてはあの人のことすごいと思うし尊敬してるけど、男としてはサイテーだと思う」

「そんな……弓削さんは誤解されるタイプかもしれないけど、いい人だよ」

すると、俊輔が深い溜息をついた。

「詩緒にとっては誰だっていい人だろ。そうじゃなくて、あの人の女癖とかそういうところがサイテーだって言ってるんだ。それに僕は……」

俊輔は一瞬口を噤み、詩緒の顔をジッと見つめた。そのなにかを決意したような眼差しにドキリとする。

「僕は……詩緒をあの人に穢されたくない。関係ない詩緒を巻きこむなんて許せないんだ」

どうやら俊輔は弓削が一方的に悪いと思い込んでしまっている。やはりちゃんと説明をした方がいい。

「俊ちゃん。弓削さんは」

詩緒が弁護をするために口を開きかけた時だった。携帯の着信音が鳴り響いて、詩緒は俊輔のことも忘れ電話に飛びついた。

「もしもしっ！」

『あ、詩緒ちゃんっ？　今どこにいるの？』

弓削からの電話かもしれないと期待していた詩緒は、真凛の声に一瞬だけがっかりしてしまう。

「どこって、俊ちゃんのマンションですけど」

『そうよね。俊輔君のマンションよね』

ひとり納得する真凜は、なぜか焦っているようだ。

「なにかあったんですか？」

様子がおかしいのは弓削になにかあったからではないだろうか。

『実はね、アキ、結局昨夜帰ってこなかったのよ。それで知り合いの……まあ、有名人御用達のバーとか飲み屋なんだけど、その辺に声をかけてアキを見かけたら知らせてくれるように頼んだの』

真凜は言いにくいのか一瞬言葉を詰まらせる。

『そしたら、友だちのバーで変なことを言ってる女がいたそうなの。モデルでね、まあいまいちブレイクしてない子らしいんだけど、自分はこれから弓削裕彬の恋人として売り出すんだって』

「え？」

『酔っ払って、もうすぐアキとの密会写真が週刊誌に載るとかなんとかペラペラしゃべったんですって。それでどうなってるのかと思って詩緒ちゃんに電話したのよ。これも作戦のうちで詩緒ちゃんも聞いているのならそれでいいんだけど』

降ってわいたような話に、とっさに返事ができなかった。

弓削の恋人？　自分以外の女性とも週刊誌に載るようなことをしたのだろうか。

「……なんにも聞いてないです。ていうか、昨日から一度も連絡が取れなくて」

『やっぱりね。これはアタシの推測だけど、アイツ他の女との密会写真を撮らせることで、詩緒ちゃんとのことをもみ消そうとしてるんだと思う」

「……そんな」

『詩緒ちゃんを巻きこんだことをすごく気にしてたから、多分そのあと会見でもして詩緒ちゃんは無関係で、本当の恋人はこっちとかなんとか言いながらそのモデルを紹介するつもりなのよ。で、その子には見返りとして一時的だけど弓削裕彬の恋人って肩書きと仕事が入るってわけ』

つまり、自分はもう弓削には会えないということだろうか。やっと出会えた運命の人を失うなんて考えられない。

弓削だって詩緒を好きだと言ってくれたのに、男の人は簡単に他の女性を恋人にすることができるのだろうか。

『まったく。アイツどんだけ詩緒ちゃんのこと好きなのよ』

真凛がうんざりしたように言った。

「え？　それって弓削さんがわたしと別れたいからじゃないんですか？　ほらよく聞くじゃないですか。一夜を共にしてみたら……その、相性がよくなかったとか、思っていたのと違った、とか」

『あらぁ。詩緒ちゃんはそうだったの？　アイツの部屋に泊まって幻滅しちゃったとか？

プレイボーイ気取ってるけど、実は夜の方は全然ダメで、これまでもそれで女の子と長続きしなかったんじゃないの？』

真凜の挑発するような言葉に、詩緒は嚙みつくように言い返してしまう。

「真凜さんひどいです！　弓削さんはとっても優しくしてくれたし、幻滅なんてするはずないって真凜さんが一番知ってるはずじゃないですか。弓削さんの親友じゃなかったんですか⁉」

思わず大きな声を出すと、電話の向こうで真凜がクスリと笑った。

『おバカさんね。あなたが一番よくわかってるじゃないの。アキがもし今言ったようなことをしようとしてるなら、それは詩緒ちゃんを守ろうとしてるからに決まってるでしょ。それだけあなたのことを大切にしていて守りたいと思ってるのよ』

本当にそうだとしたらどんなにいいだろう。真凜の言葉を真に受けていいのだろうか。昨日のようにマイクやカメラを向けてくるマスコミの人たちは怖いけれど、まだ間に合うのなら弓削に自分の気持ちをもう一度伝えて、一緒にいて欲しいと言いたい。

「今、弓削さんはどこにいるんですか？」

『うーん。わざと写真を撮らせるのならホテルとかを利用するはずなんだけど……こんなことならアイツのスマホにこっそりGPSのアプリでも入れておけばよかったわ』

真凜はさらりと言ったけれど、本人には内緒でするのだと考えると過激なアイディアだ。

『とりあえずアキの会社に探りを入れてみる。広報の子とは仲がいいの。詩緒ちゃんはいつでも出かけられるようにしておきなさいね』

詩緒が礼の言葉を言い終わる前に真凜は電話を切った。

溜息をつきながら顔を上げると、俊輔がショックを受けた顔でこちらを見つめていた。

「詩緒、今の電話……おまえ本当に弓削さんと……？」

すっかり俊輔の存在を忘れていたけれど、今の会話をすべて聞いていたのだろう。同じクリスチャンとして誓いを破ったことを知られるのは気まずい。

「今のは……」

どう説明しようかと言いよどむと、俊輔が我慢できないとばかりに口を開いた。

「だっておまえクリスチャンじゃないか。東京出てきてからも〝汝姦淫するなかれ〟を地でいってて、男と付き合ったこともなかっただろ。だから僕だってずっと」

「俊ちゃん？」

いつもの落ち着いた俊輔とはなんだか雰囲気が違う。

「あの、なにか……怒ってる？」

「……意気地なしの自分に腹を立ててる」

「ええっと……」

それきり黙り込んでしまった俊輔に、詩緒は困ってしまう。なんだか深刻そうだし、簡単に聞いてはいけない気がする。

今は出かけなければいけないし、話の途中で慌ただしく出かけるのはいつも詩緒の心配をしてくれている俊輔に失礼だ。

「俊ちゃん。わたし、今からちょっと出かけないといけないの。大事な話みたいだし、帰ってきてからちゃんと聞かせて？」

するとと黙り込んでいた俊輔が今まで見たことがないぐらい真剣な顔で詩緒を見つめた。

「出かけるって……弓削さんのところか？」

「あ、うん……今、真凜さんが」

「行かせないぞ！」

詩緒の言葉を俊輔の厳しい声が遮る。

「詩緒はアイツに騙(だま)されてるんだ。なにも知らないおまえを丸め込んでベッドに引っ張り込んだだけだ」

「な、なに言ってるの」

「せっかくマスコミの目から逃れたのにどうしてわざわざ嵐の中に飛び込んでいこうとするんだ。アイツと一緒にいても、詩緒にメリットなんてないっ」

俊輔は乱暴に詩緒の手首を摑(つか)むと、むりやり寝室の前まで引きずっていく。

「待って！　離して!!」

部屋の中に閉じ込めようとしていることに気付いた詩緒は、摑まれていない方の腕で扉にしがみつく。

「ダメだ。おまえはここで大人しくしてるんだ」

「いやだってば！　お願い、話を聞いて‼」

今にも部屋の扉を閉められてしまいそうな勢いに必死で逆らうけれど、無情にも指は扉から引き離されてしまう。

「わたし、弓削さんが好きなの‼」

口をついて出た詩緒の叫びに、腕を掴んでいた俊輔の力がほんの少しだけ緩む。その目は怯(ひる)んだように詩緒の唇を見つめていた。

「あのね、弓削さんって色々誤解されやすい人だけど、とってもいい人で、わたしが聖書の教えを守っていることも理解してくれているの。今回だって彼の方が十戒を気にしてわたしを守ろうとしてくれたんだよ。それでもいいから一緒にいたいって言ったのはわたしの方なの！　今もわたしを守るために、嫌われ役を引き受けようとしてくれてる。だからわたし、どうしてもそれを止めなくちゃいけないの」

「詩緒……本気であの人のこと」

「好きだよ。大好き。多分イエス様よりも両親よりも、自分よりも好き」

迷いなく口をついて出た言葉に自分でもびっくりする。

俊輔はしばらく黙ったまま詩緒の顔をジッと見つめ、それから深く溜息をついた。

「あのさ、僕が昔からおまえのことを好きだったって気付いてた？」

少し悲しげな俊輔の言葉に、詩緒は小さく頭を振るしかない。今さら嘘をついても仕方がない。

「ごめんなさい。わたし、俊ちゃんはお兄ちゃんみたいに思ってて……あの、家族と同じなの。俊ちゃんになにかあったら隣人として助けに行きたいし、力にもなりたい。でも弓削さんとは運命を共にして一緒に困難に立ち向かいたい。もし彼が堕落するのなら一緒に落ちてもいいって」

俊輔はしばらく黙って詩緒の顔を見つめていたけれど、やがて諦めたように深く息を吐き出した。

「隣人……そういうことか。むりやり僕のものにしても詩緒の心は手に入らないってことだ」

「……ごめんなさい」

お互い言葉もなくただ見つめ合ったときだった。沈黙を破るように携帯が鳴り響いた。真凜からの電話かもしれない。詩緒が一瞬瞳を泳がせると、俊輔が溜息をついた。

「ほら、急ぐんだろ？　行けよ」

顎をしゃくって出て行くように促され、詩緒は俊輔に向かって深々と頭を下げた。今自分にできるのはこれぐらいしかないと思ったからだ。

「俊ちゃん、ありがとう。あと、本当にごめんなさいっ」

詩緒は携帯とバッグを摑むと、そのままマンションを飛びだした。

「詩緒！　頑張れ！」

玄関のところで俊輔がそう叫んだ気がしたけれど、もう振り返ることはしなかった。

三十分後。詩緒は真凜が教えてくれたホテルの部屋の前に立っていた。

真凜が件の広報の女性に探りを入れたところ、なんとその女性が弓削の指示でホテルの予約を入れ、すでに極秘で明日の朝一番に行う電撃記者会見の会場も押さえているそうだ。

しかも問題のモデルを部屋に呼び、その出入りする写真を知り合いのカメラマンに撮影させる手はずが整っていることまで聞きだした。

「真凜さんの情報網すごい……よく教えてくれましたね」

弓削が信頼しているからこそ手配を任されていたはずで、だとすれば相当口が固いはずだ。

真凜のことだから詩緒のことを言いくるめたときのようになにかテクニックを使ったか、それとも相手の弱みを摑んで脅したかのどちらかのような気がする。

『あ。どんな手を使ったかは聞かないでね』

まるで詩緒の考えが聞こえたように返ってきた言葉に、後者だったらしいと確信し、それ以上追及するのは諦めた。

自分もなんでもかんでも真凜に話してしまっているけれど、いつか弱みとしてつけ込まれたら怖いから、気付かなかったことにする。

『アタシにできるのはここまで。アキの気持ちを変えられるのは詩緒ちゃんだけだから、上手くいくように祈ってるわ』

真凜はそう言ったけれど、自分にそんなことができるだろうか。顔を見た瞬間、追い返されるかもしれない。でももしそうだとしても、自分は弓削にしがみついてでも離れないと決めたのだ。

詩緒は扉の前で深呼吸をして、まだ問題の女性が到着していないことを祈ってからベルを押した。

ベルが鳴り、ほどなくして鍵の開く音がしてバスローブ姿の弓削が姿を見せた。

「早かったな……詩緒⁉」

その言葉からまだ女性が到着していないのだとホッとする。詩緒は弓削が虚を突かれている間に文字通り部屋の中に押し入ってしまった。

部屋はスイートルームでソファーやバーカウンターのあるリビングスペースの向こうに扉が見える。

シャワーを浴びたばかりなのか、弓削の髪はしっとりと濡(ぬ)れていて、ボディーソープかなにかの香りがする。

「詩緒！　こんなところでなにやってるんだ。ていうかどうしてここが」

「わたしの支援者からの情報です。弓削さんと話がしたいんです」

すぐに真凜だとバレてしまうけれど、詩緒はそれ以上教えるつもりはなかった。

「ここは詩緒が来るところじゃない。すぐに帰れ！」

二の腕を摑みあげられそうになり、詩緒は慌てて部屋の奥へと走る。

「絶対イヤです！」

走り込んだ部屋は寝室で、詩緒は捕まらないようにキングサイズのベッドの向こう側に回り込んだ。

「詩緒、遊びじゃないんだ」

「わたしは本気です」

「いい子だから」

あやすような猫なで声に、詩緒はプイッと顔を背けた。

「子ども扱いしないでください」

「じゃあはっきり言う。俺はもう君とは関わらないって決めたんだ。詩緒にはもっと詩緒に合った世界があるはずだから」

「わたしに合った世界ってなんですか？　わたしはみんな平等で同じ世界に」

「そんな綺麗事聞きたいんじゃない！　いいから出て行け！」

初めて聞く弓削の怒鳴り声に、詩緒はビクリと身体を震わせ首を竦めた。

こんなにも苛立って余裕のない弓削の姿は初めてで、彼も自分がしようとしていることに不安を感じているのは確かだ。

弓削は自分のやろうとしていることに苦しんでいる。詩緒はそう感じた。

「詩緒を巻きこみたくない。俺はさんざん好き勝手やってきてこの業界に染まってるから自業自得だ。でも詩緒はまだこの業界に穢されてない。だけどこのまま俺と付き合っていたら、今回以上に詩緒が嫌な思いをするかもしれないし、私生活だって探られるだろう。そのとき詩緒が傷付いて笑わなくなったら、俺は絶対に後悔する。だからそうなる前に終わりにしたいんだ」

弓削が心配してくれているのはわかる。でもそこに詩緒の意思はない。たとえ困難なことがあっても、弓削と一緒に乗り越えていきたいという詩緒の思いは含まれていなかった。

「そんなの弓削さんの勝手じゃないですか。どうしてわたしの意見は聞いてくれないんですか？　それでもいいから一緒にいたいっていうわたしの気持ちは？」

「……」

詩緒の問いに口を噤んだままの弓削に向かって言葉を続ける。

「弓削さんはわたしが好きなんでしょ？　だからわたしを守ってくれようとしてるんじゃないの？　だったら頭でそう決めても心は傷つきます。わたしと別れたとしてもずっと苦しいままです。だったらわたしの手を取ってください。わたしが絶対に弓削さんを幸せにしますから」

詩緒はベッドの上に膝をつき、弓削に向かって手を差し伸べた。

初めて会ったとき、みんなが遠巻きに詩緒を見ていたのに、唯一手を差し伸べてくれたのは弓削だった。

あの手を取ったから詩緒の運命は変わって、好きな人ややりたいことができた。今度は詩緒が弓削を助ける番だ。

「詩緒……」

「わたしは弓削さんに抱かれたときから覚悟はできてます。その時初めて弓削さんに本当に人を好きになる気持ちを教えてもらったんですから。ね、結婚式の誓いで病めるときも健やかなるときもってあるでしょ。わたしはどんなときも弓削さんのそばにいますから」

詩緒は弓削の手が届くように、さらにベッドの上に身を乗り出した。

「詩緒、それ本気にしていい？　一度決めたら、もう詩緒が嫌がっても離さないと思うけど」

「望むところです！　それに弓削さんはわたしと……その……アレをしたんですから、覚悟してください！」

さすがに直接的な表現が口にできず詩緒が口ごもると、それを引き取るように弓削がニヤリと笑った。

「セックス？」

「ど、どうしてはっきり言うんですか！」

直接的な表現に慣れていない詩緒が思わず叫ぶと、弓削がベッドに飛び乗り詩緒を抱き寄せた。

「きゃっ」

「捕まえた。あの時言っただろ。ホントに好きな女を抱いたのは初めてだって。すごーく

すごーく気持ちよかったから、絶対忘れられない」

耳に熱い息が触れる距離で囁かれ、詩緒はその刺激にブルリと背筋を震わせてしまう。それにバスローブの袷から弓削の素肌が見えて、それも詩緒の羞恥を煽る。

「詩緒、耳までまっ赤」

クスクス笑いが耳の中に入り込んできて、くすぐったい。いつの間にか弓削のペースに巻きこまれてしまっている。

「い、いい加減にしてください」

腕の中でジタバタともがくと、動きを封じるようにさらに強く抱きしめられた。

「……わかった。俺も覚悟を決める」

「え、じゃあ……」

むりやり頭を起こし、弓削を見あげる。

「詩緒がいつまでも俺と一緒にいたいと思ってくれるように努力する」

「ホントに?」

「ああ、約束する。これまでのことを懺悔して、詩緒にふさわしい男になるよ」

弓削は少し頭を下げて、詩緒の唇にチュッと音を立ててキスをした。

「詩緒、来てくれてありがと」

「真凜さんが必死で弓削さんの居場所探してくれたんですよ」

「俺、時々アイツの情報網が怖いんだけど」

少し怯えた弓削の声音に、詩緒はクスクスと笑いを漏らす。

「でも……会えてよかった。昨日別れてから、ずっとずっと会いたかったんです」

「いいね。その台詞。ちょっとドキッとする」

「もう！　すぐ茶化すんだから」

詩緒が顔を上げて弓削を叩こうとする。すると弓削が手首を摑んでその動きを止めてしまった。

「詩緒、ひとつだけお願いがあるんだけど」

改まった顔で見つめられ、詩緒も神妙な顔になる。

「明日記者会見を開く。一緒にいたいって言ってくれる詩緒には悪いけど、これは俺のけじめだと思ってるからひとりで行かせて」

弓削の決意を感じて、詩緒はただ頷いた。

「じゃあさ。その前に、元気が出るようにして欲しいんだけど」

「え……？」

弓削が詩緒の身体に手を回したままベッドの上に胡座をかいて座る。ちょうど膝立ちしていた詩緒がほんの少し弓削よりも目線が高くなり、彼に見上げられる格好だ。

「詩緒がキスしてくれたら元気でるなぁ」

「……っ」

甘い声で囁かれ、期待のこもった眼差しで見つめられる。

「詩緒、キス大好きでしょ。して?」

確かに弓削とのキスは気持ちがよくて好きだけれど、すぐに夢中になってなにも考えられなくなるのが怖い。

それにこんなふうに見つめられながらキスをするのは恥ずかしかった。

「じゃ、じゃあ。目を……瞑ってください」

こちらを見ていなければうまくできるかもしれないと思ったけれど、やはり恥ずかしいのは変わらない。それにキスを待って目を瞑る弓削は色っぽくて、逆に躊躇してしまう。

今さらできませんとは言えなくて、詩緒は勢いを付ける。

心の中で〝せーの!〟と、かけ声をかけ、チュッとキスして離れようとすると、待っていたようにそのまま後頭部に手を回され逃げられなくなった。

「ん、んんっ……んぅう!」

噛みつくように唇を吸われ、思わず口を開くと少し乱暴に舌を押し込まれる。すぐにお互いの唾液が絡み合う淫らなキスになっていく。

「や、も……ね、待って……」

このまま押し倒されそうな流れに、必死で抗う。せめて心配している真凜には連絡を入れた方がいい。

それなのに弓削の手はお構いなしに詩緒の背中を撫でまわし、シャツの裾から手を潜り込ませてくる。

素肌に熱い手のひらが触れ、詩緒がぶるりと身体を震わせた時だった。

——ピンポーン。

部屋に鳴り響くベルの音に、二人は一瞬顔を見合わせた。

「ね……これってもしかして」

「……」

弓削の目が一瞬だけ泳ぐ。

「弓削さん、この部屋に女の人呼んでますよね？　わたしなにをしようとしてたか、ちゃんと知ってるんだけど」

「……ゴメンナサイ」

——ピンポーン。

「ちゃんとお断りした方がいいんじゃないですか？」

「いいって。そのうち諦めるだろ」

「でも……真凜さんにもどうなったか電話ぐらいしないと」

ベッドから降りようとする詩緒の身体を引き寄せ、両手で顔を挟み自分に向けてしまった。

「いいから。今は俺だけを見て」

真っ直ぐに見つめられ、詩緒はクスリと笑いを漏らした。

「最初から弓削さんしか見てません」

「言うね」

弓削は嬉しそうに唇を歪めると、ふたたびキスをした。

「んっ……は……ん……」

いつの間にかベルの音は聞こえなくなっていて、弓削の大きな手が詩緒の身体を弄る。ブラのホックが外され、シャツごとブラを押し上げられる。膨らみ始めた胸の尖端が現れ、弓削は迷わずそれを口に含んだ。

「あ、やっん！　ま、待って、弓削さ……っ。電話……って、言ったのに……」

今頃真凛は詩緒からの連絡を待ってやきもきしているはずだ。それに神様にも弓削が詩緒の元に戻ってきてくれたお礼を言いたい。

詩緒はきれぎれにそう訴えたけれど、弓削は聞く耳を持たなかった。

その代わりにチュプチュプと音を立てて詩緒の乳首を吸い、柔らかなそこを痛いぐらい固く尖らせていく。

「んっ……ね、ちゃんとお祈りも……ああっ」

乳首に軽く歯を立てられ、詩緒は弓削の腕の中で身震いする。身体が勝手に期待して、足の間からジンジンとした熱が広がり始めた。

「あ、あ……ね、待って……」

「もういいから黙って。詩緒はさんざん神様に愛を捧げてるんだから、今日ぐらいは俺が先にもらってもいいはずだろ」

「きゃっ」

詩緒が言い返す間もなく抱き上げられ、そのままキングサイズのベッドの上に押し倒されてしまった。

＊＊＊　＊＊＊　＊＊＊

「あっ、あっ、ああっ……も、や……ダメ……っ」

グチュグチュと音を立てて自分の胎内を出挿りする太い指に、詩緒はただ喘ぎ声をあげるしかない。

弓削は詩緒が着ていたものをすべて剝ぎ取ると、恥ずかしがる詩緒を膝の上にのせて、背後から身体中を愛撫した。

目の前で大きな手が柔らかな胸をもみ上げる。ゴツゴツした指が何度も尖った乳首を扱くせいで、そこはすでに大きく腫れ上がっていた。

「詩緒、ちゃんと見て」

先ほどから足を大きく広げさせられ、絡め合わせた二本の指が蜜口を犯す様子をむりやり見せられていた。

「あ、や……もぉ……そこ、やぁっ」

もう一方の手が花びらをかき分け、奥に隠れていた粒を剝き出しにする。すでに感じきっている身体は、コリコリと指で揉みほぐされるだけで達してしまいそうになる。

「嫌じゃないだろ。こんなに濡らしてるのに」

「あ、あ、あ……っ、ひ……ぁ……ぅ」

入口を広げるように指を押し回され、詩緒の身体が大きく戦慄く。

「ほら、いい声だ」

「……イジワル……しないで……っ」

涙目で振り仰ぐと、乱暴に唇を塞がれた。

「んふ……っ」

深く唇を覆われて、上手く呼吸ができない。唇から熱い吐息を吹き込まれ、逆上せてしまいそうだ。

「は……ぁっ」

唇の端から伝い落ちる滴を舐められ、敏感になった身体はその刺激にも震えてしまう。

「詩緒みたいな清らかな女でもこんなにいやらしく濡れるんだって思うと、めちゃくちゃ昂奮する」

その言葉を裏付けるように腰を押しつけられ、お尻に硬いものが触れる。弓削の欲望だ。

「ほら、俺も……こんなに。これで詩緒のなかを突きまくりたい」

耳朶に唇を押し付けられ、耳を塞ぎたくなるようないやらしい言葉を囁かれる。

今日の弓削はなんだか獣みたいだ。この間の夜は優しく気遣われたというか、ガラス細

工みたいに大切にされたのに、今日は今すぐにでも飛びかかろうとして舌なめずりをする獣のようで少し怖い。

「ひ……ぁ……あ、あ、あっ」

強い刺激で赤く充血した粒を押しつぶされ、弓削の腕の中で身体を大きく仰け反らせる。

身体の中で膨らんだ熱い塊が暴れ回り、今にも飛びだしていきそうなのに弓削の愛撫はそれを許してくれない。

あと少しというところで、波が引くように弓削はその手をゆるめてしまうのだ。

目の前で絶頂を取り上げられた詩緒は、やるせなさに涙目になった。

「やぁ……だっ」

先ほどから何度も同じことをされているから偶然ではない。

それは獲物を見つけた獣が、すぐに襲わずに嬲(なぶ)り弱るのを待っている様子に似ている。

弓削は詩緒が降参するのを待っているのだ。

「は……っ、はぁ……ッ……」

腕の中で荒い呼吸を繰り返し涙を浮かべる詩緒を、弓削が愛おしげに抱き締めた。

「詩緒、辛そうだね。どうして欲しいの？」

「んっ……わから、な……」

力の入らなくなった身体では、ゆるゆると首を横に振るのが精一杯だ。

「もっとここをかわいがって欲しいのか、それとも詩緒はこっちの方が好きだった？」

後ろから胸の膨らみを鷲づかみにされる。指の間からはみ出した乳首を指先で捏ね回され、及び腰になる。

「は……あっ、やぁ……あ、ああ……」

「そうだ。詩緒は耳も感じやすいんだった」

耳に唇を押し付けられ、耳孔に舌を差し入れられる。ぬるぬると擦り付けられる濡れた粘膜の刺激に、頭がおかしくなりそうだ。

「や……もぉ……いやぁ……ッ」

この拷問のような愛撫から逃げ出したい。弓削の腕から逃げだそうと腰を浮かしかけたが、足に力が入らずそのまま膝をついてしまう。

「詩緒から俺の腕の中へ飛び込んできたのに逃げるの？　さっき言っただろ？　もう離さないって」

背後から弓削が抱き付いてきて、詩緒はとっさに両手を前につく。すると押さえつけるようにのしかかられ俯せにされてしまった。

「詩緒はこの格好で俺に挿れられたいの？」

掠れた声で囁かれ、詩緒はリネンに顔を擦り付けるように首を振る。

「ちが……っ」

「それとももっと気持ちよくしてあげないと、挿れちゃだめなのかな」

首筋にかかった長い髪をかき分けて、熱い唇が押し付けられる。思いの外優しい仕草にドキリとした瞬間、その場所に強く歯を立てられた。

「い……っ」

「もう食べちゃいたいぐらい……詩緒のことが好きだ」

「あ、あ、あっ」

痛みの残るそこを熱い舌がねっとりと舐めあげ、詩緒は大きく背中を反り返らせた。

「や、や……ゆげ、さ……」

何度も達しかけた身体はどんな刺激にも敏感で、はしたないとわかっているのに勝手に腰が揺れて、その先を求めてしまう。

「お、おねが……はや、く……ぅ」

早く満たされて、楽になりたい。詩緒は顔を傾け、助けを求めるように弓削を見あげた。

「詩緒。今のおねだりかわいすぎ。もう一回言ってみて」

弓削のとんでもない要求に、詩緒は涙目で首を振った。そんなことをしても、弓削の嗜虐心を満たすだけだ。

「や……」

「いやなの？　じゃあ言ってくれるまでは……」

大きな手が思わせぶりに白い双丘を撫で、足の間へと滑らされる。その甘い刺激にブルリと腰を震わせた瞬間、強引に足を開かされていた。

「あ……ダメ……ッ……」

濡れそぼった場所に空気が入り込み、長い指が愛撫で熟れきった花びらを開く。

「詩緒。ここが早く欲しいって言ってるんじゃない？」

思いがけない場所に熱い息を感じて腰を引こうとしたけれど、それよりも早く太股を抱えられてしまう。

次の瞬間花びらから溢れた蜜を舐めとるように、ざらつく舌が秘唇を舐めあげた。

「ひぁ……ぁあああっ！」

背中を仰け反らせジタバタともがくけれど、弓削の執拗な愛撫は止まらない。

「舌、ダメ……あっ、あっ……舐めちゃ……ああっ」

詩緒が恥ずかしくてたまらなくなるのがわかっていて、わざとじゅるじゅると音を立てて蜜を吸いあげる。

快感で緩んだ蜜口に、尖らせた舌の尖端が押し込まれた。

「そんなところに挿れちゃ、ダメ……んっ、はぁあっ」

ビクビクと腰を跳ね上げしゃくりあげても、舌の動きは止まらない。それどころか花芯に指を這わされ、くにくにと捏ね回されてしまう。

「あ……っ、やぁぁ……ぁん！」

感じやすい場所ばかり責め立てられ、詩緒の中でたまりにたまった熱が弾けた。

「あっ、あっ、あっ、やぁああっ！」

何度も焦らされていたぶん衝撃が大きいのか、詩緒の瞳からは涙が溢れ、額からは汗がドッと流れ落ちる。

弓削に下肢をさらけ出したままひくひくと秘唇を震わせ、痛いぐらいの快感の波に呑み込まれていた。

快感で緩んだ蜜壺から、いやらしい蜜がとろとろと溢れ出し白い太股を濡らしていく。

弓削の手がその太股を撫で上げた。

「あーあ。ひとりでイッちゃったの？　俺たちは一緒だって言ったのに、ひどいな」

「あ……ごめ、な……」

悪いことなどしていないのに、思考が鈍りつい謝罪の言葉を口にしてしまう。そんな詩緒を見て、弓削が嬉しそうにくつくつと喉を鳴らした。

「こんないやらしい詩緒を見られるのが俺だけだと思うと、ゾクゾクする。俺、ノーマルだと思ってたけど、Ｓっ気があるのかな」

冗談とも本気ともつかない口調で呟くと、ぐったりと俯せになっていた詩緒の身体を仰向かせる。

「詩緒、今度は俺も気持ちよくさせて。もう限界……今すぐ詩緒のなかに入りたい」

「む、むり……」

達したばかりの身体は力が入らず、弓削の剛直を受け入れられるとは思えない。

けれどもすっかり準備のできた弓削は、怯えたように首を振る詩緒の足を大きく開かせ、その間に身体を割り込ませてくる。

「や、まっ……て……」

もう少しだけ休ませて欲しいのに。

「大丈夫。詩緒はなにもしなくていいから。俺がいっぱい突いて、何度でもイかせてあげるよ」

声音こそ甘くて蕩けてしまいそうなのに、内容は利己的で詩緒には恐ろしいだけだった。

「や……ぁ」

逃げだそうにも両足を抱え上げられ、できることと言えば足をバタつかせることぐらいだ。もちろん弓削がそのぐらいで怯むはずもなく、抵抗むなしく熟れきった蜜口に雄芯が突きたてられた。

「ひぁ……あ、あぁ……」

初めてでないとはいえ、まだ一度しか男を受け入れたことのない濡れた粘膜がぎゅうぎゅうと弓削の欲望に絡みつく。

「きつっ……詩緒、力抜いて……っ」

掠れた声で囁かれても、詩緒にはどうすることもできない。

「や、あ……は、あ……」

痛みはないが、隘路いっぱいに押し込まれた雄芯が苦しくてたまらない。

身体の中でどくどくと脈打っているのは自分なのか、それとも弓削なのかもわからなくなるほど深く混じり合っていた。

「あ、あ……くるし……ん……ぅ」

「ごめんね、詩緒。俺はすごく気持ちいい」

上擦った弓削の声に、なぜか胸がキュンとしてせつなくなった。

胎内を優しく擦るように、ゆるゆると腰を回され内壁がひくひくと震えるのを自分でも感じる。

「詩緒、すごく気持ちよさそうだ」

感じていることを弓削に知られるのが恥ずかしいのに、素直に何度も頷いてしまう。

まるで全身が性感帯になったかのように、素肌が触れあうだけでも気持ちがいいのだ。

少しでも弓削のそばに近付きたくて、詩緒は胸を擦り付けるようにして広い胸に縋りつく。

「す、き……だい、すき……」

「詩緒……」

今にも涙がこぼれ落ちそうな眦に唇が押し付けられ、その心地よさに目を閉じる。

弓削は顔中に口付けたあと、快感に喘ぐ唇を塞いだ。

「んふ……っ」

開いた唇から舌を押し込められ、口腔をくちゅくちゅと淫らな音を立てながらかき回される。

「ん……んぅ……あ、ふぁ……っ」

何度も舌を吸いあげられ、角度を変えて重ねられるキスに夢中になっていた。

すると突然馴らすように押し回されていた雄芯が勢いよく引き抜かれる。

「ひぁ……ぅ」

すっかり弓削の剛直に馴染んだ内壁を擦られ、詩緒は甲高い声をあげる。

すぐに熱が押し戻され突き上げられる刺激に、詩緒は白い喉を仰け反らせた。

痛いのか気持ちがいいのかわからない強い力に、詩緒は助けを求めるように両手を伸ばす。

「はぁ……あ、あ……」

「ごめん……痛くない？　少し動くよ」

詩緒がガクガクと頷くと、一気に律動が激しくなった。

「あ、あ、あ……っ」

グチュグチュと卑猥な音を立てて胎内を抉られる。

弓削は詩緒の感じやすい場所を探しているのか、腰を抱えられ、何度も角度を変えてあちこち突き回された。

「あ、そこ……や。ダメ……あ、あっ」

「ここ？」

ひどく感じてしまう場所を滾った雄で突きまわされ、頭の中が真っ白になる。

「いやぁ……っ」

肌がぶつかり合う音と、はしたなく溢れた水音だけしか聞こえなくなり、気付くと詩緒は子どものようにグズグズと啜り泣いていた。

「はぁ……っ」

耳朶に触れる弓削の呼吸も乱れ、これまでになく苦しそうだ。

「や、あ、もぉ……ムリ……っ」

詩緒は子どものように鼻を鳴らす。

こんなにも弓削の身体に溺れ翻弄されている自分は、とてつもなく罪深い。それなのに、今は罪を犯している背徳感にすら快感を覚えてしまう。

「ゆげ、さ……たすけ……あ、あ……っ」

憶えのある熱の塊がふたたび身体の中で暴れて、どうしていいのかわからない。

どこに堕ちていくのかわからない恐怖に、詩緒が快感に震えるつま先でリネンを蹴ると弓削の身体が重石のように押さえつけてくる。

「あ……っ」

「詩緒……もう、少しだけ」

抵抗する間もなく逃げられないように両足を高く抱え上げられ、片足が弓削の肩に掛かる。そのまま体重をかけられて一段と繋がりが深くなった。

「あ、あ、ぁ……っ」

喘ぎすぎて掠れてしまった声が、か細く部屋の中に響く。

意識を手放してしまいたいのに、執拗な突き上げがそれを許さず、何度でも詩緒の意識を現実へと引き戻してしまう。

逃げることも、強すぎる快感に意識を手放すことも許されず、だらしなく口を開け、嬌声を上げ続けることしかできなかった。

「詩緒、愛してる……ずっと、俺の、そばに……っ」

自分でコントロールのできなくなった身体を、弓削が強く抱き寄せる。

肌が擦れ合う刺激と絞り出すような弓削の言葉に詩緒の中でなにかの糸が切れて、胎内で弓削の熱が弾けるのを感じながら詩緒は緩やかに意識を手放していた。

10　神は愛なり

近年北海道も季節風の影響が及ぶようになり本州のように梅雨があると言われているが、今日の函館は空気がからりとしていて過ごしやすい。

今朝羽田から飛行機に乗ったときはしとしとと冷たい雨が降っていたから、その空気もいっそう心地よく感じられる。

先ほどから詩緒の髪や頬を撫でる風からは夏の始まりを感じて、夏生まれの詩緒はワクワクしてしまう。

空港に降りたときから憂鬱だった気持ちが、ほんの少し明るくなった気がした。

「ん〜！」

大きく息を吸い込み伸びをした瞬間、詩緒の髪を揺らしていた風が勢い余って、白いワンピースの裾をふわりと巻き上げた。

「きゃっ！」

小さな悲鳴をあげてスカートを押さえると、すぐそばで笑い声が上がる。

詩緒がまっ赤になって振り返ると、先ほど空港で女の子たちの黄色い悲鳴を浴びていた恋人が楽しげにこちらを見つめていた。

「み、見た?」

「大サービスだな」

思わせぶりにニヤリと笑われ、詩緒は耳までまっ赤になった。

「バカ! えっち!」

なおも笑い続ける弓削を睨みつけ、詩緒は乱れた髪を撫で下ろす。それからプイッと顔を背けて、先に立って歩き出した。

「詩緒ちゃん、ご機嫌斜めですね~」

機嫌を取るように甘ったるい声で名前を呼ばれても恥ずかしいことに変わりない。

「なんだよ。もう中身も全部見せ合った仲なのに、そんなに恥ずかしがることないだろ」

「それとこれとは違うんです!」

「まあ確かに風でスカートがめくれるのはチラリズムで、男心を擽るのは認める」

うんうんと感慨深げに自分の言葉に頷く弓削に、詩緒は立ち止まってがっくりと肩を落とした。

「なんですか……それ」

この調子で大丈夫なのかと頭が痛くなってくる。

今日はこれから二人で詩緒の実家に行く予定で、その前に詩緒が生まれ育った街を歩いてみたいという弓削のリクエストに応えて、通っていた高校の近所や街の中を案内していた。

両親に恋人を紹介するのはもちろん初めてだし、今回帰郷することを伝えたときにマスコミに騒がれたことについてなにも言われなかったことも気になる。

まったく知らないのか、それとも敢えて口にせず詩緒が話すのを待っているのか。父のことだから後者のような気もして、それにもプレッシャーを感じていた。

怒られることはないとわかっているけれど、やはり婚前交渉をしてしまっていることもあり後ろめたいことこの上ない。

それなのに弓削は婚前旅行でも楽しんでいるつもりなのか、写真を撮ったりソフトクリームを食べたり函館の街を満喫している。

弓削は緊張したりしないのだろうか。もし自分ばかりがこれからのことを心配してドキドキしているのなら不公平だ。こんなことなら来なければよかった。

一度そう思ってしまうと、自然と弓削に対してもつっけんどんな態度になってしまう自分もいやだ。

詩緒が自己嫌悪で自分に腹を立てたときだった。

「詩緒」

ふいに名前を呼ばれて顔を上げる。すると弓削が詩緒の手を引いて、ゆっくりとその身体を抱きしめた。

「よしよし」

あやすように何度も優しく頭を撫でられ、ガチガチに固まっていた気持ちが緩む。

「そんなにピリピリしなくても大丈夫」

「……なんでわかったんですか？」

気を抜いたら涙腺まで緩んでしまいそうで、唇を尖らせ上目遣いで弓削を見あげた。

「そんなのわかるだろ。好きなんだから」

あっさりとそう返され、今度は赤くなるしかない。

今の一言でさっきまでのイライラが一瞬で払拭されてしまうなんて、自分はなんて現金な性格なのだろう。

「函館空港着いた辺りから詩緒の様子がおかしいから、気分転換に観光していこうって言ったんだけど、先に実家に行った方が楽だったかな。ごめん」

「ううん。わたしこそ、ゴメンナサイ」

自分が勝手に不安だっただけなのに、それで弓削に当たるなんて最低だ。詩緒がしゅんとして俯くと、大きな手がもう一度詩緒の頭を撫でた。

「よし。じゃあどこかでお昼食べてから行こうか。詩緒のお勧めのところ行こうぜ」

「わたしのお勧め？　わたしがこっちにいたのって高校生までだから、ファーストフードとかそんなのばっかりですよ。行きつけじゃないけど、ラッキーピエロとか五島軒なら間違いないですけど……実は洋食屋さんが多いんですよね。あ、〝函館どつく〟の近くにでっかい海老フライのお店とかありますよ。でも函館名物って言ったら海鮮かなぁ。弓削さん、和食と洋食どっちがいいですか？」

「うーん。確かに海鮮も捨てがたいけど、それは今夜旅館でも食べられそうだよな」

詩緒は弓削の言葉に不思議そうに首を傾げた。

「え？　弓削さん、うちに泊まるんじゃないんですか？　小さな牧師館ですけど、お客様のお部屋ありますよ」

てっきり実家に泊まると思っていたから、なんの相談もしていなかった詩緒は驚いて弓削を見つめた。

「せっかくここまで来たんだしと思って、近くの温泉旅館予約してるんだけど」

函館で近くの温泉といえば湯の川のことだ。

「詩緒のために、露天風呂から漁り火が見える豪華な部屋を予約したんだけどな。一緒に入りたくない？」

「……」

地元に住んでいるとわざわざ泊まることのない温泉旅館は魅力的だが、近頃の弓削は行為がどんどんエスカレートしていて、抱かれた翌日はぐったりして朝起きるのも一苦労なのだ。

弓削は愛情表現だの、詩緒がかわいすぎるのがいけないだの怪しげな理由を並べ立てて悪びれない。

一緒に露天風呂に入ろうというのは、明らかにそういう含みがある。

詩緒は真凜に弓削を調子に乗らせるなと言われたときのことを思い出した。

ホテルを訪ねた翌日、弓削は今回の騒動について説明するとマスコミに案内を送り記者会見を開いた。

詩緒は真凜の迎えで先にマンションに戻っていて、テレビでその記者会見の様子を見ることになった。

「このたびはお忙しい中私事でお集まりいただきありがとうございます」

見ているだけで目が眩(くら)んでしまいそうなフラッシュの中で弓削が頭を下げ、経緯の説明が始まった。

「度重なる報道で関係者、応援してくださるファンの皆様にはご迷惑ご心配をかけておりますが、このたび結婚を前提にお付き合いをしている女性がいることをご報告いたします」

「弓削さん！　それは先日の報道が出ている女性のことですか？」

話に割って入る記者にも慌てず、画面の向こうの弓削が頷く。

「そうです。業界の方ではないのでお名前は伏せさせていただきますが、二十代の一般女性です」

「もう入籍や式の日取りはきまっているんですか？」

「いえ、詳しいことはこれからです。報道の方が先に出てしまったので。ただお互いの結婚の意思は確認しているとご報告しておきます」

記者の間からパラパラと拍手が起こり〝おめでとうございます〟という声がかかる。

「おめでたい席でこういう質問はどうかとも思うのですが、お相手の女性はこれまであった他の女性に関する報道についてはどう思われているんでしょうか？」

記者の質問に、真凜が怒りの声をあげた。

「なんなの、コイツ！　結婚しますって言ってるのに、そんな晴れの日に過去の恋愛引っぱり出すバカがどこにいるのよ！　どこの記者かしら？　あとで潰してやるわ」

物騒な言葉に詩緒は真凜を窺うように見た。

「真凜さんのその人脈本気で怖いんですけど。弓削さんも同じこと言ってましたよ」

「あらぁ。こっち側の業界って狭いようであちこちと繋がってるの。それにアタシの詩緒ちゃんの婚約会見台無しにするなんて、それぐらいの覚悟をしてもらわないと」

真凜は自信たっぷりにおほほほ～と笑ったけれど、こっち側というのはオネエ業界のことだろうか。

「なかなか辛辣な質問ですね」

テレビ画面の向こうで弓削が苦笑いを浮かべる。

「過去の恋愛を消すことはできません。彼女ももちろん報道のことや僕の過去の恋愛遍歴を知っていますが、そのことについては悔い改めると約束しました。これからは彼女一人に誠実であり続けたいと思っています」

弓削の言葉に真凜がほうっ、と溜息を漏らした。

「詩緒ちゃん。あなたやっぱりすごいわ。あの弓削裕彬にここまで言わせるんだもの」

真凜の言う〝あの〟のすごさはいまいちわからないけれど、弓削が自分と真っ直ぐ向き合おうとしてくれているのは伝わってくる。

二人の間でわかっていればいいことを、わざわざこうして糾弾覚悟で公開しなければならない弓削には頭が下がる。

今夜は弓削のためになにか美味しいものを作ろうか。詩緒がそんなことを考えた時だった。

「でも、気をつけてね。あんまり甘やかしちゃダメよ」

詩緒は真凜の言葉に首を傾げた。甘やかされているのはいつも詩緒の方で、弓削との年の差を実感させられ、子ども扱いされるのが悔しいぐらいなのに。

「見てごらんなさい。あのどや顔。アイツはこうやって場をコントロールするのが好きなの。サッカーでは司令塔のポジションで、昔っから人を操ったり転がしたりするのが得意なのよ。まあそうじゃなきゃプレイボーイなんてやってられないんだろうけど。詩緒ちゃんは優しいからなんでも許してあげたくなるかもだけど、たまには厳しくしなくちゃだめよ」

「はあ」

あの時はあまりよく意味がわからなかったが、こういうところかもしれない。

過去の女性関係については知り合う前のことだからなにも言わないことにしたけれど、実はスキャンダルを偽造するためにモデルをホテルに呼んでいたことには腹を立てていた。

写真を撮られるだけならホテルの部屋に呼ぶ必要はないし、ましてや風呂に入ってバスローブ姿で彼女を待っている必要はない。

「……弓削さん。わたし弓削さんが他の女性をホテルに呼んでたことは許してませんからね？」

詩緒の唐突な言葉に、今まで余裕たっぷりだった弓削の顔に動揺が走る。

「あのときなんでお風呂に入ってバスローブ姿だったんですか？　部屋を出入りする写真を撮らせるなら、わざわざそんな格好しなくてもよかったんじゃないですか？」

「あ、あれは信憑性を持たせるためにだな」

「それ、本気で言ってます？」

詩緒がじろりと睨みつけると、弓削が「うっ」とうめき声をあげた。

もしあと少し遅かったら、あの部屋に他の女の人がいたかもしれないと思うと、今さらながら胸の奥がチリチリする。

「……ちゃんと悔い改めてくださいね」

「あの日のことはめちゃめちゃ反省してます。ゴメンナサイ」

弓削が神妙に頭を下げるのを見て、詩緒は溜息をついた。

こういう気持ちになりたくないから、あまり考えないようにしていたのかもしれない。

詩緒が返事をできないでいると、弓削がその手を握りしめる。

「今さらいいわけはしない。でも絶対詩緒を大事にするから」

記者会見のときも、過去を消すことはできないと弓削も言っていた。聖書にも悔い改めるものは赦されると書かれている。

赦すということも、神様がお与えになる試練なのだと、詩緒は今さらながらに実感した。お互いがお互いを唯一の人だと思い、大切にし続けるのには努力が必要なのだ。

初めて会ったとき、弓削が迷わず手を差し伸べてくれたから今こうしてここに二人でいることができる。

それが詩緒でなかったとしても、弓削は手を差し伸べただろう。そういう人だ。

でも誰にでも公平に差し出されるその手が、自分一人のものであって欲しい。

「わたし弓削さんに会ったとき、不安な場所から救い出されたような気がしたんです。うまく言えないんですけど、洪水で水に浮かんだノアの箱舟に、鳩がオリーブの葉をくわえて戻って来たときのような希望を感じたっていうか」

「……な、なんとなくわかるようなわからないような。俺、ノアの箱舟ってノアが神様のお告げでみんなにバカにされながら箱舟を作ったのと、本当に大洪水が起きたことぐらいしか覚えてないんだけど、鳩なんて出てきたっけ？」

顔をしかめる弓削に詩緒は旧約聖書に出てくるノアの箱舟の話を詳しく教えてやった。

「創世記では神様が七日間で天地を創造し、最後に人間の男女、アダムとイブを作ったとされています。しかし、何代も続いていくうちに人が増えて悪い人も多くなりました。そこで神様は、すべてを滅ぼす決意をされたのですが、善良なノアにだけ箱舟を作って家族と動物たちを乗せるように告げられました。やがて、嵐が来て洪水が起き、神様の言葉を信じたノアたちだけが生き残り、他はすべて水に飲み込まれてしまったんです。嵐が去ったあと何日も漂流したノアは、箱舟に乗せていた鳩を飛ばして様子を見に行かせました。一度目のとき鳩はすぐに戻ってきて、二度目のときはオリーブの葉をくわえて帰ってきました。そして三度目に鳩は戻って来ませんでした。つまりどこかに陸地や草木があるという希望が生まれ、ノアたちは船を降り、ふたたび子孫を増やすことができたんです」

「要するに神様が全部リセットしちゃったってことか」

「まあ現代風にいえばそうですけど。わたしが言いたいのは、弓削さんがわたしを助けてくれたとき、オリーブをくわえた鳩を見つけたときのノアの気持ちだったってことなんです。わかります?」

「……」

弓削はしばらく考え込んでいたけれど、たとえがわかりにくかっただろうか。でも弓削もミッション系の男子校に通っていたと言うから、創世記ぐらいならわかるかと思ったのだ。

「つまりさ、まだ怒ってるわけ?　それとも許してあげてもいいかな～と思ってるわけ?」

やはりわかりにくかったらしい。

「つ、つまりですね……弓削さんはわたしにとって希望だから、離れることなんてできないって言いたかったんです」

詩緒は早口でそう言うと、恥ずかしくてプイッと顔を背けた。

「そうか。詩緒も俺が好きってことだ」

「……」

真凜のアドバイス通り厳しくしようと思ったのに、いつの間にか弓削の顔はいつもの自信たっぷりの顔に戻っている。

自分には弓削しかいない。そう自覚しているけれど、弓削に安心されるのは悔しい。

「そうだ！　もうひとつ。弓削さんには言わなかったんですけど、わたし俊ちゃんの部屋に泊まって告白されました」

少しでも弓削を困らせてやりたくてそう口にすると、予想通りギョッとした顔になる。

「なんだよ、それ！」

怒っているというより動揺している顔を見て、詩緒は少しだけ胸がすっとした。

――でもなにもなかったですから。そう続けようとした詩緒は、突然鋭くなった弓削の視線にたじろいで、続きを言えなくなった。

「こら。なんで黙ってたんだよ。まさか、アイツになにかされたからうしろめたくて言えなかったとかじゃないよな」

ずいっと身を乗り出され、手首を摑まれる。そのまま引き寄せられて、もう一方の手で逃げられないようにウエストを抱かれてしまった。

「……ち、違いますよ」

実際は俊輔には悪いが、興味がなかったからすっかり忘れていただけだ。今日こんな会話をしなかったら、きっとなかったことにしてしまうような話だった。

でも顔を覗(のぞ)き込んでくる目がいつもとは違う。なんだか責められているようで、詩緒が浮気でもしたような空気になっている。

「そもそもマスコミから逃げるために俊ちゃんのマンションに行ったわけですし、その時弓削さん行方不明だったじゃないですか！」

「またその話蒸し返すわけ？」

「だって、わたしが悪いみたいになってるんだもん！」

こんなふうに言い合いするつもりなどなくて、ちょっと弓削にヤキモチを焼かせたかっただけだ。

こんなときどうすれば雰囲気がよくなるのかわからない。そもそもこれまでは人と言い争いをしたこともなかったのに、弓削が相手だとすぐに感情的になってしまう。

腰を抱かれているせいで、お互いの顔が近いのもさらに居心地を悪くさせる。そのむず痒(がゆ)いような居たたまれなさに、詩緒が顔をそらそうとしたときだった。

弓削が顔を傾けたかと思うと〝ちゅっ〟と音を立てて素早く詩緒の唇を奪った。

「ごめん。言い過ぎた」

「……」

人目がないとはいえ屋外でキスをされたことや、もしかしたらキスで色々うやむやにしようとしているんじゃないかという考えが頭をよぎったけれど、先に謝られてしまったら、いつまでも拗ねているわけにいかない。

「詩緒とはお互いの考えをちゃんと伝え合いたいけど、喧嘩をしたいわけじゃない」

真剣な眼差しの弓削に、詩緒はなぜだか悔しくてたまらなくなった。

年齢は弓削の方が上だが、彼は奔放なところがあるし、精神的には自分の方がしっかりしていると思っていたのだ。それなのにこんなふうにさらりと謝られてしまうと、ヤキモチを焼かせようと思った自分がどうしようもなく子どもに思えてくる。

拗れる前に自分の主張を引っ込め、こちらの戦意を奪うどころか罪悪感まで刺激してくるテクニックはすごいと思うが、もう一方で手のひらの上で転がされているような悔しさもあった。

「もぉ……っ」

行き場のない気持ちを上手く処理できなくて、詩緒は弓削の腕の中で泣きたくなった。

「詩緒？」

「……弓削さんはズルイです。今のって喧嘩にならないように、弓削さんが折れたんですよね。わたしが意地を張らなくて済むように」

すると弓削はほんの少しだけ眉を上げ微笑んだ。

「別に。俺が悪かったと思ったからだよ。それにせっかく婚前旅行なのに、揉めてたらつまらないだろ」

「こ、婚前旅行って！」

詩緒は拗ねていたことも忘れて、叫んでしまった。その声の大きさに自分でも驚いて辺りを見まわす。幸い観光客は声が届かない程度に離れている。

「いいですか。あくまでも弓削さんがうちの両親に会いたいって言うから来ただけで、婚前旅行が目的ではありません！　誤解をされるようなこと言わないでくださいっ」

詩緒は顔を赤くしながらぴしゃりと言った。

「詩緒は冷たいな～本当は俺のことそんなに好きじゃないだろ？　普通付き合い始めって、四六時中一緒にいたいとかくっついていたいものじゃないの？」

「そ、そうなんですか？」

「そうなの。たった今別れたばかりなのにすぐ会いたくなるとか、終電の時間が近づくと寂しくなるとかさ」

「……」

弓削が交際宣言をしてからちゃんとお付き合いをするようになったけれど、同じマンションに住んでいるし、ほぼ毎日掃除や食事で顔を合わせている。

けじめのないことをするな、という真凜の厳しい目が光っているから部屋に泊まることはないけれど、同じ屋根の下に暮らしていると言っても間違いではない。

会いたくて会いたくてたまらなかったのは、弓削と丸一日以上連絡が取れなくなったあの日だ。

「少なくとも、俺は詩緒とずーっと一緒にいて、朝目覚めた時に詩緒がいたらメチャクチャ幸せだけど」

「……そ、それはわたしも……ですけど」

渋々認めると、弓削がすかさず言った。

「じゃあ今日は一緒に泊まろうぜ。リンもいないし、詩緒を目一杯かわいがって、一緒に寝られるだろ」

「む、むりですよ……だって、両親に二人で泊まるなんて言えないですし」

「詩緒、一緒に泊まりたくない？」

本音を言うと弓削の誘いはとても魅力的だ。でもさすがに実家に戻ると思うと、いつもよりも神様が近くにいらっしゃるような気がして、弓削という悪魔が差し出す甘い果実を手に取るのをためらってしまう。

「しーおーちゃーん」

甘えるように名前を呼ばれて、詩緒の意思は倒れる直前のコマのようにぐらぐらしてくる。

「い、一応……検討、します」

そしてとうとう譲歩の言葉を口にしてしまった自分の意思の弱さが憎い。でもそうさせてしまうほど、詩緒にとって弓削は特別な人なのだ。

「よし！　じゃあ今は取りあえず洋食だ。その海老フライ食べに行こうぜ」

「はい」

検討といってもそれは事実上の承諾だとわかっているのだろう。弓削は機嫌良く坂道を歩き出した。

詩緒のお勧めの洋食屋で昼食をとり、〝函館どつく〟からは市電で実家の近くまで移動した。

東京にも都電があるが路面電車に初めて乗るという弓削は、車と電車が並んで走ったり信号が交差したりしているのを面白そうに眺めていた。

「弓削さん！　あれ！　わたしが通ってた小学校‼」

詩緒は坂の途中に見える小学校に向かって、弓削の手を引いて駆け上がる。

近所の見慣れた景色を見たとたん、急に懐かしさがこみ上げてきてはしゃいでしまう。

「わぁ、懐かしい！」

「へえ。田舎の学校だけど綺麗(きれい)じゃん」

隣に並んだ弓削が物珍しそうに校舎を見あげた。土曜日で正門は閉まっているけれど、少年野球の練習に解放しているので、校庭には子どもたちが走り回る様子が見える。

「わたしが入学する前の年に建て替えがあったんです。それまでは木造二階建てだったんですよ」

「へえ。木造ってすごいな」

「弓削さんの小学校はどんな感じでした？」

弓削は東京生まれの東京育ちだったはずだ。中学から私立の男子校だったというし、子どもの頃からお洒落(しゃれ)な都会の生活だったかもしれない。

「俺は普通のクソガキだったな。サッカーとゲームばっかりして、親に怒られてばっかりでさ」

「へえ」

言われてみれば、なんとなく想像できる。

「あのさ、そろそろ弓削さんは止めない？」

詩緒は驚いて、弓削を見あげた。

「ダメですか？　弓削さんって……年上だし、やっぱりちゃんとした方がいいと思ってたんですけど」

「悪くないけど、固いかな。だってさ、おれたち結婚するんだし、結婚したら詩緒も〝弓削〟でしょ」

確かにその通りで、詩緒は素直に頷いた。

「ホントは敬語もやめて欲しいんだけどそれは追々として、とりあえず名前で呼んでよ」

「……」

弓削の下の名前は裕彬だ。〝弓削さん〟を〝裕彬さん〟に変えるのは、そう難しくないような気がする。

　でも本当は真凜が親しげに〝アキ〟と呼ぶのに少しだけ憧れていた。弓削のファンは〝ヒロ〟と呼ぶのが一般的だそうで〝アキ〟は特別な感じがする。

　まさか真凜だけに許している呼び方などと言われたらショックだが、弓削も真凜のことを〝リン〟と呼ぶから、あり得ない話でもない。

　別に真凜にヤキモチを焼いているわけではないのに、二人の特別な絆のようなものを感じて、少しだけモヤモヤする。

「なあ、俺そんなに考え込むほど難しいお願いした？」

「い、いいえ」

　詩緒は慌てて首を振った。

「えーとですね、いつも弓削さんと真凜さんが愛称で呼び合っててうらやましいなって思って」

　おずおずと切り出すと、弓削はホッとしたように微笑んだ。

「なんだ、そういうことか。いいよ、詩緒もそう呼んで。別に特別でもなんでもないけどさ。前に俺たち高校の同級生だって言っただろ。高校のときサッカー部に〝ヒロ〟って先輩がいたから、被らないように俺が〝アキ〟って呼ばれてて、その名残だよ」

　じゃあなぜ大人になった今、真凜のことは女性名の相性で呼ぶのだろう。詩緒がそう尋ねる前に弓削が答えを教えてくれた。

「ちなみにリンは真凜のリンじゃないぞ。アイツの本名倫太郎だろ。長すぎるからみんなに省略されたんだよ」

「ああ！」

詩緒は納得して何度も頷いた。

理由を聞いてしまえばどうってことない事柄なのに、言わなければいつまでも不安の種になってしまう。

考えてみれば、まだ知り合って長くないのだから、知らないことの方が多くて当然なのだ。

こうやって少しずつ弓削のことを知って、それから二人だけの新しい思い出を作っていけたらいい。

「で？　なんて呼んでくれるの？」

期待に満ちた目で見つめられ、詩緒ははにかみながら首を振った。

「それは……ちょっと考えます。取りあえず今は別姓なわけですし、なにか新しいわたしだけの呼び方が見つかるかもしれませんし」

「ずりーー期待して損した」

なぜかがっかりした様子の弓削に、詩緒は首を傾げた。

「なにをですか？」

「詩緒のことだから、恥ずかしがってちょっと赤くなりながら〝裕彬さん〟とかかわいく呼んでくれると思ってたのに。くそーー」

「なんかそれって……」

——マニアックすぎます。さすがにそう口にするのは可哀想で、言葉を飲み込んだ。

「ねー詩緒、お試しでいいから呼んでみてよ。結婚のリハーサルだと思ってさ」

なんとか詩緒に自分の名前を呼ばせようと必死になる弓削は子どものようだ。さっき言い合いをしたとき謝ってくれた弓削は大人だと思ったのに、今は別人だ。どっちが弓削の本質なのだろう。

「リハーサルって……今からうちの両親に会うのに」

「俺は詩緒のお父さんが許してくれるなら、今日神様の前で誓って、すぐに結婚してもいいぐらいだけど」

「えっ⁉　それはさすがに展開が早すぎません？」

両親が交際を快く認めてくれるとは思っているが、さすがに今すぐなんて言ったら驚くだろう。

「もう俺たちの間では約束ができてるんだし、全国ネットで発表してるんだし」

「それはそうですけど、うちの両親はわたしよりさらに浮世離れしてるって言うか、変わってると思いますよ」

詩緒自身高校生の頃まではそれが当たり前だと思って生活していたけれど、東京という都会に出て、色々見聞きしているうちに自分の家は他の家とは少し違うのを感じるようになった。

弓削や真凜には今の詩緒も変わっていると言われるが、これでも自分なりに社会に順応してきたのだ。

「クリスチャンの詩緒と暮らすなら、それぐらいのけじめちゃんとしないと。それとも詩緒は神様の前では誓えない？」

弓削の挑発するような言葉に、また調子を狂わされそうになっていることに気付く。

「そんなわけないってわかってるくせに」

詩緒は軽く顔をしかめてから、前に立って歩き出した。

「おい、待てって」

すぐに弓削に追いつかれ、当然のように手を取られる。キュッと二人の指が絡みつき、その柔らかな刺激に、詩緒の鼓動が少しだけ早くなった。

「そ、そうだ！　弓削さんにちょっとお願いが」

詩緒は少し上擦った声で言った。

「なに？」

「二人の関係がどこまで進んでるかについてなんですが……その、両親には色々詳しく話したくないっていうか」

実際には御法度の婚前交渉をしてしまっているが、両親を心配させたくない。弓削には適当に誤魔化して欲しいと頼むつもりだった。

「なるほど。そういうことね。どこまで進んでることにしようか？」

そう言った弓削の顔は詩緒をからかう気満々の顔をしている。

「あの！　別になにも言わなくていいんです。まあ、こうやって手を繋いだぐらいの関係で」

「イマドキ？　手を繋いだぐらいで結婚するの？」

弓削が詩緒にアピールするように繋いだ手を振った。

「だって、嘘じゃないし……なにも言わないでもらえれば……」

「えー俺、神様の前で嘘つけるかな。もともと演技って苦手だしなぁ」

「嘘をつくんじゃなくて、黙ってて欲しいだけですってば！」

こうなると思ったから弓削に言い出しにくかったのだ。でも実家はもうこの坂を登り切った角の先にある。ここは素直に頭を下げるしかない。

「お願いします！　その代わり他のとき弓削さんのお願い聞きますから！」

「ホント？　じゃあ頑張れるように先にご褒美貰おうかな」

「え？　いいですけど」

弓削にあげられるものなど持っていただろうか。当惑する詩緒の前で弓削がニヤリと唇を歪ませる。はめられたと思ったときにはもう遅かった。

「詩緒から俺にキスして欲しいな。そしたら黙ってられるかも」

「……は？」

「あ。今すぐここで、俺の唇限定ね」

早口で付け足され、詩緒は泣きたい気持ちになった。

弓削はすぐに詩緒からのキスを強請るけれど、今日はさらに昼間の屋外というおまけまでついていて、毎回ハードルが高くなる気がする。

要するに詩緒が恥ずかしがる様子が見たいというのだからたちが悪い。

「どう？　できそう？」

詩緒はとっさに首を振ってしまう。

「別にムリならいいよ、俺は」

言葉にはしないけれど、黙っていられないよと脅されているみたいだ。ニヤニヤと笑う顔がそれを裏づけている。

「……う〜〜」

迷っている間に、実家の教会が見えるところまで来てしまった。

中庭に建った塔の尖端にある十字架が目印で、坂の下から歩いてくると見える、住宅街にある小さな教会だ。

母が手入れをしているドウダンツツジの生け垣が見えてきて、詩緒は弓削のシャツの裾を摑んだ。

「……い、一回だけですよ」

「うん」

頷いて見下ろす弓削の顔には満面の笑みが浮かんでいる。最終的には詩緒がこうするだろうとわかっていた顔だ。

詩緒は念のため辺りを見まわし、通行人がいないことを確認する。そもそもこんな田舎の住宅街で、昼間から路チューをする人などいない。

住んでいるのも年輩の人が多いから、もし見られたらショックを受けた後に、近所中に噂が広がるだろう。

弓削はそんな詩緒の挙動も面白いのか、ニヤニヤとしているのが腹立たしい。

「目！　瞑ってくださいっ」

こうすれば、こちらの様子を見て楽しむことはできない。詩緒は念のために長い睫毛を伏せた弓削の前でアカンベーをしたが反応はなかった。

さっさと済ませてしまおう。

「あ、頭下げてくださいっ」

シャツの襟をグイッと引っぱると、弓削がキスをしやすいように身を屈める。

目の前に弓削の形のいい唇が降りてきて、詩緒は吸い寄せられるように唇を寄せた。

そして触れた瞬間パッとシャツの手を離し素早く離れようとすると、一瞬だけ早く弓削に腕を摑まれ、そのままギュッと抱きしめられてしまった。

「ありがと」

耳朶に熱い息が触れて、耳の中に弓削の言葉が滑り込んでくる。たったそれだけのことなのに、詩緒は身体の奥が小さく震えるのを感じた。

「……っ」

「イジワルされたって思ってる？」

「す、少し……」

弓削は詩緒をからかっているときが、一番生き生きとして見えるのは、被害妄想ではないはずだ。

「俺、こうやって詩緒が俺のお願いを聞いてくれるかどうかで、詩緒の気持ちを確かめたいのかも。今日もちゃんと詩緒が俺のことを好きでいてくれるかって」

本気でそんなことを言っているのだろうか。女性にモテて、立派な会社も経営していて、いつも詩緒を翻弄しているのに。

いつ弓削が自分に飽きてしまうのか、ずっと好きでいてくれるのか不安なのは自分だけだと思っていたのに、お互い同じ気持ちでいたなんて信じられない。

詩緒は弓削の胸を押して顔を上げると、相変わらず嫌味なぐらい整った顔を見あげて言った。

「じゃあ、これからは毎日好きって言います」

――だから弓削さんも毎日好きって言ってください。という自分の希望は飲み込む。

「毎日キスしてくれてもいいよ」

「そ、それは……」

――弓削さんが毎日キスしてください。これもはしたない気がして口にできない。

自分の思いを相手に伝えるのはなんて難しいのだろう。弓削の顔を見あげたときだった。

「詩緒？」

背後から名前を呼ばれて、弓削の腕の中で飛び上がった。

「お、お母さん……⁉」

生け垣の向こうから身を乗り出し、母がこちらの様子を窺っている。

日の高いうちから家の前で抱き合っているところを親に見られるなんて、恥ずかしすぎて、すぐには言葉が出てこない。

「あ、あの……」

すると母はくすりと笑って二人を家の中へと招き入れた。

11　ハレルヤ　主を褒め称えよ

「はあぁっ」

詩緒は湯船に身体を沈めながら、心から安堵の溜息をついた。

弓削が予約をしていた部屋は最上階の露天風呂つきの部屋で、辺りが暗くなった今は、イカ漁に出た船の漁り火が海と宵闇の境目を教えている。

小さな庭園のようなそこは床も湯船も檜造りで、ひとりで入るにはもったいないぐらいの広さだ。

母に弓削と抱き合っているところを見られた時はどうなることかと思っていたが、両親への紹介は和やかに進み、あっさりと結婚のことも認めてもらえた。

「詩緒が自分で決めたことだから、親の私たちがとやかく言うことではないよ。弓削さん、世間知らずな娘でお恥ずかしいですが、どうぞよろしくお願いします」

そう言って頭を下げた父を見て、詩緒は胸がいっぱいになった。

そのあとお茶の用意をしている母を手伝おうとキッチンに入っていくと、振り返った母がニッコリと笑った。

「弓削さん、素敵な人ね」

「うん」

詩緒は頷いてお盆の上にグラスを並べる。

「仲がいいのはいいけれど、外であまりイチャイチャしちゃダメよ。また写真でも撮られたら大変じゃない」

「ええっ⁉」

知らないだろうと思い込んでいた弓削とのあれこれを指摘され、詩緒は危うく手にしていたグラスを取り落としそうになった。

「し、知ってたの？」

弓削が現在スポーツウエアの会社を経営する社長であることは紹介のときに言ったが、話がややこしくなると困るので超有名人であることは伏せておいたのだ。

ということは母はなにかしらの形で報道を目にしたことになる。

「その顔は内緒にしておきたかったって感じね。大丈夫よ、お父さんは知らないから。さすがにびっくりするでしょうし、父親として複雑な気持ちになるでしょうから」

「牧師としてじゃなく？」

「お父さんはあなたに対して、父親にしかなれない人よ。牧師館に育ったのだから食事の前のお祈りや日曜学校、信者さんとのお付き合いがあるのは仕方ないけれど、お父さんは一度もあなたに洗礼を勧めたことも、ミッション系の学校に進学するのを勧めたこともないでしょう?」

母の言う通りだった。

詩緒の日曜学校友だちはもちろん、普通両親が信者の家庭の場合はかなり幼い頃に洗礼を受けるものなのに、父は詩緒にそれを勧めたことはない。

もともと父の宗派はプロテスタントで幼児洗礼のことが聖書に記載されていないことから、認めていない人もいるという。

どちらにしても大人になって、詩緒が自分の意思で洗礼を受けたいのなら考えればいいと言われ、神様はいつもそばにいたからとくに気にもせずにいた。

「洗礼を受けていようがいまいが、神様を信じることに変わりはないってことよね。わたし弓削さんと出会えたのは、神様がそうしなさいって決めてくださったことだと思ってるの。そういえば、お母さんわたしたちのことなにで知ったの?」

すると母はちょっと笑って説明してくれた。

「あら、信者さんの間でもご近所でも有名よ。わたしは俊輔くんのお母様から聞いたんだけど。詩緒がスターと結婚するって大騒ぎしていたわ。でもね、みんなお父さんがあなたを溺愛してるのを知ってるから、自然と内緒にしてあげてるみたい。大丈夫。これからもしお父さんの耳に入ったとしても、もう結婚を認めたんだし、詩緒の幸せを壊してまで反対なんてしないから」

「そうかな」

「ええ。もし反対なんかしたら、お母さんがちゃんと話してあげるわ」

「うん」

弓削は実家から旅館へと向かうタクシーの中でその話を聞き、納得したように頷いた。

「やっぱり詩緒は愛されてる子だったな」

「そう、かな？」

「お父さんもお母さんもとっても温かい人だし、詩緒がこんなふうに育ったことに納得したっていうか」

　確かに自分はとても恵まれた環境に生まれ育ったのだと今ならわかる。そしてその環境を自分も弓削と共に作りたいと思えた。

「あのね。わたしも弓削さんに毎日好きって言って欲しいし、毎日キスして欲しい」

先ほど言えなかった気持ちも、恥ずかしいのは変わらないが今なら言える。

「うん。俺も同じ気持ち」

弓削は優しく微笑むと、詩緒の手を握りしめる。詩緒も返事の代わりにその手を強く握り返した。

　結局弓削に丸め込まれる形で、一緒に温泉旅館に泊まることになった。

　母はともかく父がいい顔をしないと思っていたのに、あっさりと送り出され、明日の飛行機の前に顔を出す約束をして家を出たのだ。

「詩緒、お待たせ」

湯船に浸かりぼんやりと昼間のことを回想していた詩緒は、弓削の声に我に返った。

「これ、ほろ酔いセット。一度やってみたかったんだ」

弓削はそう言いながら徳利とお猪口が載ったお盆を手に湯船に入ってきた。

丸いお盆をそっと揺れる水面の上に降ろす。

「おおっ！　浮いたぞ」

弓削は子どものようにはしゃいだ声をあげると、二つのお猪口に日本酒を注いだ。

「湯船で飲むといつもより酔いやすいって聞くから、気をつけてくださいね」

お猪口を受けとりながら言うと、弓削が小さく肩を竦める。

「詩緒もね。ここで倒れたら丸見えだから」

「もう」

二人でカチンとお猪口を合わせてから口を付ける。

「ん。美味しいです」

「うーん。俺こういうの憧れてたんだ。好きな子と差し向かいで一杯。最高だーーー！」

いつもより明るい声の弓削に、詩緒はもしかして彼も緊張していたのではないかと今さらながら気付いた。

「弓削さん、お疲れさまでした」

詩緒がお酌をしようと徳利を向けると、弓削は嬉しそうにそれを受けた。

「温泉に入る詩緒も色っぽいね」

「なんですか、それ」

「こうさ、髪をアップにして項が見えてる感じとかいいじゃん」

スッと身を寄せてくる弓削に、詩緒は慌てて距離をとった。

「ダメ！　お風呂の中では離れてください！」

「毎日キスして欲しいって言ったのは詩緒だろ」

「それとこれとは違います。それに一緒にお風呂に入るのも恥ずかしいって言ったのに……」

詩緒は数分前まで続いていた攻防を思い出した。

二人の関係が婚前交渉まで進んでいることを黙っていたのだから、詩緒は自分の言うことを聞くべきだ、一緒に温泉に入りたいと弓削がとんでもないことを言い出したのだ。

「俺のお願いも聞いてくれるって言っただろ」

「あのあとキスしたじゃないですか！　しかもそのせいでお母さんに見られちゃうし」

「あのキスは手付けか利子の一部だろ。こっちが元本」

まるで詩緒が借金でもしているような口ぶりだ。結局駄々を捏ねて手の付けられない弓削に、詩緒が折れる形でこうなった。

詩緒が渋々承諾したとたん、弓削はいそいそとルームサービスでほろ酔いセットなる日本酒を注文し、こうして持ち込んだのだ。

「あれが漁り火だろ？　イカだっけ？」

「そうです。六月からだからまだ始まったばっかりですね」

イカ漁の漁船が灯す明かりが海上に浮かんでいる様は、子どもの頃から見慣れている詩緒でも幻想的で美しいと思う。

弓削が少しでもこの街を気に入ってくれたら嬉しい。詩緒は心からそう思った。

「俺さ、高校の修学旅行が函館と札幌だったんだ」

「珍しいですね。私立って海外とかに行きそうですけど」

「ミッション系だから、教会のこととか函館のキリスト教の歴史とか調べてあちこち回ったよ。もしかしたら詩緒とすれ違ってたかもね」

「まさか。だってうちの辺りは観光エリアじゃないですよ。弓削さんが行ったのはハリストスとか元町教会でしょ」

よほど興味がなければ、地元の信者さん以外訪ねてくることのない小さな教会なのだ。

「俺が十七のときだから、詩緒は十歳ぐらいか。かわいかっただろうな〜もしすれ違ってたら絶対声かけたな」

「それって不審者ですよ」

詩緒は弓削の冗談にクスクス笑ってしまった。

「さて、俺のお願い第二弾です」

「え⁉　まだあるんですか？　多すぎますよ」

「そんな難しいことじゃないよ。詩緒が弓削さん以外で俺を呼んでくれるのを聞きたいだけだからさ」

　あの話はあれでいったん終わったと思っていた詩緒は困ってしまう。呼び方はゆっくり考えればいいと思っていたからだ。

「あとで考えるって言ったじゃないですか」

「俺は今聞きたい」

　お酒のせいか弓削の目は少しとろりとしていて、いつも以上に色っぽく見える。

「じゃあさ、呼ぶ練習してみようか。ほら、おいで」

　弓削はそう言って徳利の載ったお盆を湯船の外に出すと、詩緒の身体を横抱きにして膝の上に載せてしまった。

「きゃっ！」

　脇の下から身体に回された手が胸の下辺りを覆っていてくすぐったい。なにより弓削の上に座らされると、湯船の中に隠れていた白い胸の膨らみが露わになってしまう。

「こんなところで、エ、エッチなことしないで……っ」

「まだなにもしてないよ。ちょっとリラックスするためにキスをしようと思っただけだ。詩緒が毎日キスをして欲しいって言ったんだから叶えてあげないと。ああ、それとも期待してた？」

　指先で乳首を弾かれ、詩緒は小さな悲鳴をあげた。

「ほら、やっぱりエッチなことしようと……んんっ」

抗議の言葉は途中で弓削の唇に遮られてしまった。

「ふ……ぁう」

すでにお湯で身体が温まっていたせいで、いつもよりも唇が熱い気がする。優しく舌で歯列をなぞられ、ゆっくりと焦らすように口腔を弄られる。

「んっ……ふ……ぁん」

いつもとは違うゆっくりとした丁寧なキスに、ムズムズしてしまう。鼻を鳴らすような声を漏らすと、弓削がクスクスと笑った。

「ほら、詩緒こそもうその気になってるじゃないか。詩緒はキスが好きだろ？」

嘘はつけずに唇を合わせたままコクコクと頷く。キスをしていると、もっともっと気持ちよくなりたいと思ってしまう。

それなのに、弓削はふいっと唇を離してしまった。

「ふぁ……ん」

自分のものとは思えない媚びるような声に、慌てて唇を押さえる。すると、弓削が詩緒の後れ毛を耳にかけて、その場所に唇を押し付けながら囁いた。

「ね。詩緒。俺の名前を呼んで」

熱い息が耳孔の奥まで入り込んで、その刺激に背筋をブルリと震わせてしまう。

「はぁ……っ」

頭の中まで沸騰してしまったように熱い。それが湯船に浸かっているからなのか、それとも弓削のせいなのか判断がつかない。

「詩緒。おねがい」

唇が髪の生え際や頬をかすめ、顔中に触れていく。羽のように触れるだけのキスは快感に遠く、もどかし過ぎていっそせつないぐらいだ。

「んぁ……ア、アキ……キス、して……ん……っ」

堪えきれずに口にしたとたん、身体にキュンとした痺れが駆け抜ける。無意識に身体を揺らすと、湯が大きく跳ね上がった。

「詩緒、カワイイ。もっと……呼んで」

先ほどよりも強く、深く唇を覆われお互いの熱い舌がクチュクチュと音を立て始めた。

「すき……アキ、すき……っ」

一度口にしてしまうと、熱に浮かされたように何度でもその名前を呼んでしまう。

背中に回されていない方の手が胸の丸みをすくい上げ、指先で固く尖り始めた乳首をクリクリと捏ね回す。

「んふ……ぁ……ンン……」

ベッドの上どころかこんな屋外で、しかも誰かに声を聞かれてしまいそうな場所だとわかっているのに、唇からは甘ったるい声が漏れてしまう。

いつの間に自分はこんなにいやらしく、貪欲になってしまったのだろう。もっとたくさん、もっと深く弓削に触れて貰いたくてたまらないのだ。

「アキ……アキぃ……っ、……きもち、いい……の、もっと……」

「詩緒」

弓削は詩緒の身体を背後から覆うように抱き直し、広い胸を詩緒の白い背中にぴったりと寄せた。

「もっとしてあげるから、足を開いてごらん」

肩口に弓削の顔がすっぽりと収まり、耳朶を口に含まれる。詩緒はブルリと身体を震わせながら、弓削に触れてもらえるようにゆっくりと足を開いた。

するりと足の間に弓削の右手が滑り込み、すっかり潤んだ秘処に触れた。

すぐに湯の感触とは違うぬるついた感触に、恥ずかしくて足を閉じてしまう。しかし淫唇を乱していた手を挟み込んだだけだ。

「詩緒、もうなかに入るぐらい濡れてる。キスでこんなになったの？　いやらしいな、詩緒は」

緩んだ蜜口に易々と指を挿入されてしまう。

「や……ぁっ」

かぁっと頭に血が上り弓削の腕の中から逃げ出そうともがくが、もう一方の腕が詩緒の身体を押さえつけ、胸の膨らみを鷲づかみにする。

「あ、ああ……っ」

「ほら、もう一本だ」

足の間を二本の指で抽挿されるたびに胎内の蜜が掻き出されるのがわかる。本当ならもっといやらしい音が鳴り響くのに、今日は弓削の腕が動くたびに湯が大きく波打って外へ飛び出していく。

あまりに溢れ出すから、湯船のお湯がなくなってしまうのではないかと心配になった。柔らかな胸の頂と蜜口を同時に愛撫されて、身体が熱くてたまらない。

「あ、は……ん、あぁ……っ。や、もぉ……」

少しずつ身体の中のうねりが大きくなり、このままでは湯船の中で達してしまいそうだ。いつも恥ずかしいぐらい声を出してしまうから、こんなところで絶頂を迎えたくない。弓削にそう訴えたいのに、快感に翻弄される詩緒の唇からは喘ぎ声しか発することができなかった。

「はぁ……あ……ん……やぁ……あぁ……」

「詩緒、気持ちよさそう。イッてもいいよ」

弓削は耳朶に歯を立てながら、胸を愛撫していた手を太股の裏に滑り込ませると、その手で足を持ち上げ大きく開かせてしまった。

「いや、いやぁ……あっあっ……ダメ……ぇ」

指の動きが早くなり、足を開いたおかげでさらに深くまで挿入される。

「あ、あ、ああっ……や、やぁ……っ！」

むりやり高みに押し上げられ、目尻に涙が滲んでくる。

「やぁ……アキ、ダメ……まっ、て……あ、あ、あああっ!!」

ひくひくと痙攣していた膣洞がさらに大きく戦慄き、弓削の太い指を強く締めつけてしまった。

ガクガクと快感に震える身体を、弓削が強く抱きしめてくれたおかげで、力尽きて湯船に沈むことはなかったが、逆上せているのか頭の中がジンジンと痺れて、なにも考えられない。

「はぁっ、はぁっ、はぁっ」

熱さと快感で顔をまっ赤にした詩緒は弓削の胸に背中を預けたまま荒い呼吸を繰り返す。

辺りはしんと静まりかえっているが、近くの部屋の人に聞かれていないだろうか。そんな不安がよぎるが、今それを確かめる気力はなかった。

「詩緒、おいで」

弓削はぐったりともたれかかる詩緒を抱き上げると、向かい合うようにして自分の上に跨がらせる。

足の間に硬いものを押し付けられて、詩緒は力なくゆるゆると首を振った。

「や……む、むり……」

弓削がしようとしていることがわかってしまい腰を浮かせると、無理矢理引き寄せられすっかり解れた蜜口に雄芯を擦り付けられた。

「あ、や……んんっ……!」

硬く滾った雄が花弁を行き来する刺激に、身体がビクビクと跳ねてしまい、そのたびに湯船から湯が飛び散る。

「詩緒、これが欲しいだろ？」

強く腰を引き寄せられ、グリグリと感じやすくなった粒を押しつぶされて、外であることもわすれて嬌声を上げてしまう。

「ひぁ、あ、あ、ああっ！　や、やぁ……っ」

「イヤじゃない。欲しいって言ってごらん。そうしたらいっぱい突いて気持ちよくしてあげるから」

口調は優しいけれど、焦らされている。その言葉だけで新たな快感を憶えて、背筋を震えが駆け抜けた。

こんなところで身体を繋げたら、きっと誰かに聞かれてしまう。そんなわずかな理性も頭の中から追い出されて、自分から腰を揺らしていた。

「んっ……は……ぁっ」

湯の中だというのに擦れ合う場所は詩緒の胎内から溢れた蜜でぬるついて、もっと強い快感が欲しくなる。

「詩緒、言って。俺が欲しいだろ？」

「あ……ほし……ほしい、から……ぁ……っ」

腰を揺らしながら、ガクガクと何度も頭を振った。

早く奥まで満たして欲しい。弓削に出会うまではこんな淫らなことなどなかったのに、すっかり肉欲に溺れてしまっている。

弓削は快感に濡れた眦（まなじり）に口付けてから詩緒の身体を抱き上げた。

「ほら、ちゃんと言えたご褒美だ」

腰を浮かせた詩緒の蜜口に雄芯の尖端が押し付けられる。詩緒は快感を求めて自分から腰を落とした。

柔らかく解れた隘路（あいろ）がうねりながら熱の塊を飲み込んでいく。

「は……ぁ、ん、ぁ……っ」

いつもとは違う刺激が怖くて弓削の肩口にしがみつくと、耳朶に濡れた唇が押し付けられた。

「ちゃんと奥まで自分で挿れてごらん」

いつもより熱い弓削の息が耳の中に入ってきて、それだけでもぞくぞくとしたものが背中を這（は）い上がる。

「や……そこでしゃべっちゃ……」

ゆるゆると首を振るけれど、熱い唇はそのまま小さな耳朶を飲み込んでしまった。

「んぁ……や……ダメ……ン」

「詩緒、まだ全部入ってないよ」

ピチャピチャといやらしい音を立てて耳朶を舐（な）めしゃぶられ、お腹の奥がキュンとするのがわかる。

　弓削の大きな手が腰に添えられ、無理矢理腰を引き落とされた。

「ひぁ……あ、や、はぁ……ふか、い……」

　背を反らせて大きく喘ぐと、その背中ごと引き寄せられ二人の身体がこれ以上ないぐらいぴったりと寄り添った。

「あぁ……」

　弓削の素肌の熱さで火傷してしまいそうだ。

「詩緒、苦しくない？」

「ん……でも、あつ、い……の」

　肩口にしがみついたまま呟くと、弓削は突然詩緒を抱いたまま立ちあがった。

「ひっ……あああっ」

　ざばざばと湯が流れ落ち、それと共に繋がりが急に深くなる。お湯の浮力がなくなったせいで、体重の重みがふたりの繋がっている場所に負荷をかけたのだ。

「あ、や、だめぇ……っ」

「暴れるなって」

　弓削は詩緒を抱いたまま浴槽の縁に腰を下ろした。その衝撃も強い刺激となって詩緒の最奥を突き上げる。

「や、ン！」

「これで涼しくなっただろ？」

そう囁かれたけれど、最奥に届く強い刺激にクラクラして言葉が出てこない。

「これ、……ぬい、て……」

自分で引き抜こうにも両足が宙に浮いてしまっていて、立ちあがることができなかった。

「そんなに怖がらなくていい。すぐに慣れるよ」

なにに慣れるのだろう。詩緒がそう問いかける間もなく、弓削は詩緒の両足に手をかけ身体を揺すり上げた。

「ああっ！　あっあっあっ!!」

揺すりあげられ落とされる度にお腹の奥にズンという快感が響きわたり、目の前でチカチカと火花が散る。

「っはぁ……っ」

弓削の唇から気持ちよさそうな吐息が漏れるが、詩緒は強い快感に飲み込まれそうな自分が怖くてたまらなかった。

「や、これ、や……くるし……ああっ」

強い突き上げに抗議の声をあげたけれど、弓削の動きは一向に止まらない。

「ちょっとだけ我慢して。あとで布団でも気持ちよくしてあげるから」

「ちが……っ」

もう終わりにして欲しいのに。これ以上突かれたら、きっと高い声をあげて他の部屋の人たちに聞こえてしまうだろう。

弓削の突き上げが激しくなり、抗議の言葉よりも先に嬌声が詩緒の口を支配する。

「あ、あ、あっ。やぁ……だめ、また……イッちゃ、う……っ」

「詩緒、カワイイ。何度でもイッていいよ。見ててあげるから」

「ダメ、こえ、あっ……でちゃ……」

馴染(なじ)みのある高ぶりに今にも泣き出しそうな詩緒の唇を、弓削がキスで塞ぐ。

「んぅ……ンッ……んぅ……！」

詩緒の嬌声を封じると、腰をつかむ手に力を込めて激しく胎内を攻め立てる。

弓削の上に跨がらされていた詩緒は逃げる術もなく、激しい快感の頂上まで押し上げられた。

「ん！　んぅ！　んぅーーー!!」

ビクンビクンと身体を痙攣させ、弓削の雄をこれ以上ないというぐらい強く締めつける。

「くっ……っ」

キスの合間に弓削が小さく声を漏らし、彼の限界に気付いた。お互い身体を震わせながらギュッと抱き合っていると、まるでひとつの塊に溶け合っているような気がした。

震えが収まって初めて、弓削は詩緒の唇を自由にしてくれた。

「はぁ……はぁ……っ」

ぐったりと弓削にもたれ掛かる詩緒の耳元で、弓削がとんでもないことを囁く。

「繫がったまま部屋に行きたい？」

本気とも冗談ともつかない口調に、詩緒は慌てて首を何度も横に振った。

「じゃあ……」

弓削はそう呟くと、力の入らなくなった詩緒の身体を抱え上げる。すると何度も与えられた快感ですっかり蕩けた蜜壺から、雄がずるりと引き抜かれた。

「ひ、あぁ……」

「そんなに物欲しそうな声出すなって。もう一度ここで挿れたくなる」

「な……！」

弓削は詩緒の身体を横抱きに抱え直すと、潤んだ眦に口付けた。

「……詩緒、大丈夫？」

さすがにやせ我慢もできずふるふると首を横に振ると、弓削はちょっと笑って、詩緒を抱いたまま立ちあがった。

「俺も。もう逆上せそうだよ」

弓削はふふっと小さく笑いながら、湯船の外に出る。

「お、降ろして……」

さすがに抱かれて運ばれるのは恥ずかしくて弓削の顔を見あげるとチュッとこめかみに口付けられた。

「大丈夫。このまま中まで抱いていってやるから。なにか冷たいものが欲しいだろ？」

確かに冷たいもので身体を冷やさないと、本当に逆上せで倒れてしまう。

「冷たいものを飲んで休憩したら、また頑張ってね？　夜は長いんだからさ」

弓削は恐ろしいことを囁きながら詩緒をバスタオルでくるむと、布団の上に抱き下ろした。

そして自分もバスタオルを腰に巻き付けると、鼻歌を歌いながら冷蔵庫を覗く。

その後ろ姿はまだまだ元気そうで、詩緒のように湯あたりをしているようにも見えない。よほど熱い湯に強いのか、それとも詩緒のように何度も絶頂を迎えていないから元気なのだろうか。どちらにしても身の危険を感じるのは同じだった。

詩緒は弓削が手渡してくれたミネラルウォーターのボトルに口を付けながら、弓削と結婚するなら自分もトレーニングして体力をつけようと本気で考え始めていた。

After Episode　～運命は神のみぞ知る～

「それで、結婚式はいつにしようか?」

ふたりで温泉旅館に泊まった翌朝、部屋で朝食を食べていた弓削が言った。

「……」

ちょうどご飯を口に入れたばかりの詩緒はモグモグと口を動かして、急いで口の中のものを飲み込む。口の中に食べものが入っているときに話してはいけないと子どものころ言い聞かされていたからだ。

「……結婚式って」

「誰の?　なんてとぼけたこと聞くなよ。俺が興味あるのは詩緒との結婚だけなんだから」

まさにそう尋ねようとしていた詩緒は慌てて口を噤んだ。確かに昨日も結婚の話をしていたのだから、弓削がそういうのも当然だった。

詩緒の仕草に気付いたのか、弓削が微かに顔をしかめながら魚介出汁たっぷりの味噌汁を啜る。

不機嫌な顔もカッコいいと、弓削が聞いたら噴き出しそうなことを考えながら、詩緒は恋人の様子を窺った。

起き抜けにざっくりと浴衣をはおり、辛うじて帯は締めているものの袷がはだけている様子は、昨夜裸で抱き合っていた詩緒ですらドキリとしてしまう色香がある。

朝ご飯を運んで来た仲居さんたちも詩緒と同じように感じたらしく、弓削の色気のせいで目のやり場に困っているように見えた。

本人は女性たちのそんな葛藤に気づいているのか、素知らぬ顔をしているのもいっそ憎らしい。

詩緒自身、弓削と結婚をすることになんの異論もない。そうでなければ弓削とこうして身体の関係になったり、両親に紹介したりもしない。

しかし行く先々でこんなふうに女性を魅了してしまうところは、少し心配なときもあるのだ。

「もしかして、俺との結婚迷ってる？」

弓削に見蕩れていた詩緒は、その言葉に慌てて首を横に振った。

「そんなわけないじゃないですか。言ったでしょ、わたしが弓削さんを幸せにするって」

詩緒の言葉に弓削の眉間に刻まれていた皺が和らいだ。

「よかった。今朝起きたとき、好きな女の子が目覚めた時に隣にいるのって幸せだなって思ったから、早く詩緒と一緒に暮らしたい」

「……っ」

弓削は女の子がドキドキしてしまう言葉をさらりと口にする。彼は思ったことをすぐに口にできるタイプなのだ。詩緒は彼のそういうところが好きだったけれど、その甘い言葉にいつもドキドキさせられてしまう。

「どうせ東京に戻ったら、またリンが詩緒をガードして俺の部屋には泊まらせないようにするだろうし。早く詩緒とふたりでイチャイチャしたいし」

「イチャイチャって」

子どものような言い方に、つい笑ってしまった。

「詩緒サンは知らないだろうから言っておくけど、普通付き合いたての恋人っていうのはいつも一緒にいたくて、ところかまわずイチャイチャしたいものなの」

いつでも一緒にいたいのは自分も一緒だ。でも口に出して言うのは恥ずかしい。もし相手が同じ気持ちでなかったらと思ってしまうからだ。

弓削は今までの恋人にもこんなふうに臆さずに気持ちを伝えられたのだろうか。

「なに、その顔」

いつの間にか思案顔になっていたらしく、弓削が訝しむようにこちらを見つめている。

「ええっと……弓削さんってやっぱりプレイボーイなんだなって」

「どういう意味？」

「だって、さらっと女の子が喜ぶようなこと口にするし、言い慣れてるんじゃないのかなって」

「ふーん」

なにかいいわけするのかと思っていたのに、弓削は詩緒を見てニヤニヤと含みのある笑いを浮かべた。

「な、なんですか？」

「それって俺の過去にヤキモチ焼いてるんだろ？」

「べ、別に……」

その通りだし、弓削に比べて経験のない自分が歯がゆいけれど、詩緒は小さく首を横に振る。

「大丈夫。俺がこんな気持ちになったのは詩緒が初めてで、詩緒が最後だから」

弓削は優しく唇を緩めると、ケヤキの座卓の向こうから手を伸ばし、詩緒の頭をクシャクシャッと撫(な)でた。

「うん」

詩緒がこっくりと頷(うなず)くと、弓削も満足げに頷き返してくれた。

やっぱり弓削はプレイボーイだ。こちらの不安な気持ちを拭い去るようなことを当たり前のように言えるのだから。

「ところでさ、詩緒のお父さんの教会で式を挙げられるのかな。やっぱりちゃんとした教会は信者じゃないとダメか」

「うちはプロテスタントだから問題ないですよ。カトリックの教会は信者さんのみってところもありますよね。でも大抵は信者でない人も事前に勉強会に参加すれば結婚式をすることができるんです。結婚式はあくまでも儀式なので、結婚式場のチャペルみたいに派手な結婚式にはならないですけど」

「詩緒は派手にしたいの？」

詩緒は慌てて首を横に振った。

「いいえ。でも弓削さんは有名人だし、お友達もたくさん呼ぶでしょ？　それならこんな田舎の教会じゃお友達も来にくいじゃないですか」

「俺は詩緒とふたりきりでもいいと思ってるけど」

「気持ちは嬉しいですけど、それはちょっと無理かと……」

言いよどむ詩緒に、弓削が訝しげな視線を向けた。

「どうして？」

「だって、真凜さんが黙ってないと思います」

最近は詩緒の保護者と化した女性の顔を思い浮かべて言った。

「あー……アイツがいたか」

弓削の顔がたちまち面倒くさそうな表情になる。

「それに弓削さんのご両親にもまだご挨拶してないし。ご両親のご意見も聞いてみないと」

「東京に帰ったら改めて紹介するけど、うちの親はそういうのうるさくないから。それに結婚するのは俺たちふたりだろ。まあ親の意見も多少は聞くけど、俺たちがどうしたいかはっきりさせておかないと」

「はい」

詩緒は素直に頷いた。

「さてと。支度ができたら詩緒の実家に顔を出してから空港に行こう」

弓削の言葉に、詩緒は慌てて口を開く。気を遣ってくれているのなら申し訳ないと思ったのだ。

「無理に寄らなくてもいいですよ。せっかく函館まで来てもらったんですから、観光していってください。教会がいいのなら有名なところがたくさんあるので案内しますよ」

「なに言ってるんだよ。なかなか帰って来られないんだから、帰る前に寄った方がいい。観光はこれから何度だってできるんだからさ」

「ありがとうございます」

やっぱり両親を気にしてくれているらしい。詩緒は感謝の気持ちを込めて恋人を見つめた。

出会ったときから、弓削は当たり前のように優しさをくれる。こちらに気を遣わせない、さりげない優しさを見せられるたびに、この人を好きになってよかったと思うのだ。

「今日は日曜礼拝なのでお昼頃までは忙しいかと」

「なんだよ。早く言えよ、そういうの。詩緒、手伝いに行かなくてよかったのか？」

「小さな教会ですから母の手伝いだけで十分なんです。でもこれから行くのなら母にメールだけしておきますね」

詩緒は弓削に微笑み返すと、いそいそと母にメールを送った。


詩緒たちが牧師館の前庭に入っていくと、見知った子どもたちが三人出てきて、詩緒を見つけたとたん歓声を上げた。

「詩緒姉だ‼」

最初に叫んだ男の子は快斗で、続いてふたりの女の子も詩緒の名前を呼びながら駆け寄ってきた。

「詩緒ちゃん！　奥さんがね、詩緒ちゃんがもうすぐ来るって言うから待ってたんだ！」

「みんなでお昼を食べようって。今奥さんが準備してくれてるの」

三人は日曜学校の生徒で、快斗とポニーテールの少女、希美が中三、ショートヘアの朱里が中二で、教会の子どもたちの中では最年長組だった。

詩緒は高校まで日曜学校の手伝いをしていて、まだ小さかった三人の面倒をよく見ていた関係で特に馴染み深い。

大学を卒業して以来だから一年以上会っていなかったことになるが、三人とも背が伸びて、すっかりティーンエイジャーという感じだ。

「久しぶり！　三人ともまだちゃんと教会に通ってたんだね」

「うん。快斗はよくサボってるけど」

「そうそう。すぐにバスケとか言ってサボるよね」

女の子ふたりの言葉に、快斗がバツの悪そうな顔をする。

「しょうがねーだろ。日曜に試合が多いんだから」

教会に通ってくる子どもたちは、親が信者だからその流れで日曜学校に通い始めるのが普通だ。成長するにつれて中学校にあがるあたりから足が遠のく子が増えて、特に男の子は離れてしまう子が多い。休み休みでも通ってくることはすごいことなのだ。

詩緒は快斗の頭を撫でて褒めてあげようと手を伸ばしかけ、彼がもう子どもではないことを思いだし手を止める。少し考えて、筋ばった少年らしい手を握りしめた。

「大丈夫だよ、快斗。教会はね、来たいときに来ればいいの。わたしがいない間、みんなと一緒に教会のお手伝いをしてくれてたんだよね。ありがとう」

「ま、まあな」

快斗は詩緒の言葉にうっすらと顔を赤くしてから、ツンと顎を上げて得意げに言った。

「あたりまえじゃん。天然の詩緒姉より役に立つに決まってるだろ」

その言い方が少し照れているようでカワイイ。

「あ～快斗、顔赤いし！」

「ホントだ！　詩緒ちゃんに褒められて照れてるんでしょ！」

「うっせ!!　ブース!!」

快斗は女の子たちに向かって悪態をつくと、詩緒の手の中から自分の手を引き抜いた。

「うわ！　ムカつく！」

「ブスだからブスって言ってんだよ！」

「ちょっと!!」

希美と快斗が顔をつきあわせて睨み合う。詩緒は慌ててふたりの間に割って入った。

「ほらほら、喧嘩しないの。せっかくみんなしっかりしてきて偉いなって思ってたのに、やっぱり中身は小学生のままなのかと思っちゃうでしょ。ほら、お客さんもびっくりしちゃうよ」

詩緒の言葉に睨み合っていたふたりがハッとして口を噤む。それから子どもたちの視線が、詩緒の少し後ろに立っていたサングラスの男性に向けられた。

「ねぇねぇ詩緒ちゃん」

朱里が詩緒の腕を引いてから、チラリと弓削に視線を向けた。

「このお客様って……詩緒ちゃんの彼氏？」

「え？」

そんなふうに尋ねられるのは初めてでドキリとして、思わず助けを求めるように弓削を見つめた。

まだ両親にしか紹介していないし、周囲には正式に発表していない。それなのに勝手に詩緒が恋人だと紹介してもいいのか迷ってしまう。

探るように弓削を見つめたけれど、サングラス越しでは、彼がなにを言おうとしているのか読み取れない。

ただ唇の端が少し上がっているから、詩緒がなんと答えるのか面白がっているようだ。

すると詩緒の葛藤を遮るように快斗が言った。

「ばーか。詩緒姉はまだ若いんだぞ。あんなオッサンと付き合うわけないだろ」

「え～ちょっとオジサンかもしれないけど、スタイルよくない？」

「うんうん。私もカッコいい人ならオジサンでもいいな」

オジサンだのオッサンだの連呼された弓削の頬がピクリと引きつる。どうやら三人の言葉に少なからずダメージを受けたらしい。

詩緒がフォローしようと口を開きかけたときだった。

弓削の唇が人好きのする笑顔の形に変わり、ブランドもののサングラスがサッと外されて、有名人オーラバリバリの弓削裕彬が姿を現した。

「えっ!?　ブルモンの弓削!?」

最初に声をあげたのは快斗だった。女の子たちは突然のイケメン登場に目を見張り、快斗はギョッとしたように目を見開いている。

「快斗、ブルモンってなに？」

「おまえら知らないのかよ。超有名人じゃん」

「あ！　サッカーの人でしょ！　私テレビでみたことある」

「ええっ！　詩緒ちゃんの彼氏って有名人⁉」

三人の反応を見て満足したのか、弓削がとっておきの営業スマイルを浮かべて口を開いた。

「こんにちは。詩緒の婚約者の弓削です」

〝婚約者〟という言葉に、女の子が黄色い歓声を上げ、それを見た弓削はご満悦という顔で頷いている。真凜がいたら負けず嫌いと突っ込まれそうなどや顔だ。

「詩緒ちゃん！　こんなカッコいい人とどこで知り合ったの？」

「うんうん。やっぱり東京ってすごい！」

「東京って芸能人が普通に歩いてるんでしょ」

「私やっぱり大学は東京に行こうかな。ね、詩緒ちゃんどう思う？」

女の子ふたりに期待にキラキラした眼差しを向けられ、詩緒は困ってしまう。ひとつだけ言えるのは、弓削は歩くのではなく走っていたけれど、街で偶然出会うというのはあり得るということぐらいだろうか。

「東京に来るなら、詩緒に連絡してくれれば色々案内してあげるよ。やっぱり原宿とかディズニーがいいの？」

「今は原宿より新大久保ですよ」

「そうか。韓国コスメとか流行ってるんだろ？」

愛想よく話しかけられ、女の子ふたりはすっかり弓削に夢中になっている。詩緒はさすがプレイボーイだと内心舌を巻いた。

「詩緒姉、遊ばれてんじゃねーの」

ずっと黙っていた快斗が口を開いた。

「バカね。親に挨拶に来るってことは本気ってことでしょ」

「そうだよ。遊びで芸能人がこんな田舎に来るわけないじゃん」

女子ふたりに攻撃されて、快斗はふたりを睨みつけた。

「うっせぇ！　俺帰る‼」

「あ、快斗！」

詩緒の呼びかけにも振り返らず、肩を怒らせてドウダンツツジの生け垣の向こうへと消えてしまった。

「あーあ、行っちゃった」

「アイツ、昔から詩緒ちゃんのこと大好きだから」

「ふたりがそんなこと言うから快斗が怒るんでしょ」

詩緒は窘（たしな）めるつもりでそう口にした。すると詩緒の言葉にふたりが顔を見合わせて、まるで大人のような仕草で肩を竦（すく）める。

「弓削さん、詩緒ちゃんの彼氏って大変ですよ」

希美の大人びた口調に、なぜか弓削が同意するように頷いた。

「知ってる。もう苦労してるし」

「詩緒ちゃん天然なんで頑張ってくださいね」

朱里までなにを言い出すのかと思っていると、希美が弓削にニッコリと笑いかけた。

「じゃあ、私たちも奥さんに詩緒ちゃんが来たって知らせてくるので、お二人はごゆっくりどうぞ！」

「え？　一緒に」

詩緒の返事も待たず、二人はサッと牧師館の中に走って行ってしまう。

「もぉ……」

詩緒は小さく呟いて弓削を振り返った。

「弓削さん、ごめんなさい。快斗って昔からああいう感じで。女の子たちも大人っぽくなったと思ってたけど、まだまだ子どもみたいで」

詩緒はバタバタとした出迎えを詫びるつもりだったのに、弓削も女の子たちのように肩を竦めた。

「そう？　そんなに子どもには見えなかったけど」

「え」

「それは今の俺たちの会話の意味がまったくわかってないってことか。あの子たちの言う通り苦労しそうだ」

「え？　え？」

弓削は詩緒の反応にやれやれという態で微苦笑を浮かべると、肩を抱いた。

「まあ追々詩緒にもわかってもらわないとだけど、今はお母さんたちに挨拶しに行こう。待ってるだろ」

「あ、うん」

詩緒は首を傾げながら今の会話を反復したけれど、やはり三人が肩を竦めた意味がわからなかった。

結局快斗は戻ってこず、詩緒の両親と弓削、希美と朱里を交えての昼食となった。

食事の間も女の子たちは弓削と詩緒の出会いに興味津々で、両親には曖昧にしてあったところまで聞き出されるのではないかと、詩緒は食事の間中ヒヤヒヤしっぱなしだった。

午後から塾のテストがあるというふたりを送り出し昼食の後片付けをしていると、いつのまにか弓削の姿が消えていた。

「あれ？　弓削さんは？」

リビングのソファーで新聞を読んでいた父に声をかけた。

「ついさっき礼拝堂の中を歩いてみたいって出ていったよ。案内しようって言ったんだが、ひとりでかまわないって」

「そう」

詩緒は少し迷って、エプロンを外して弓削のあとを追った。

弓削は礼拝堂の講壇のすぐ前のベンチに腰掛けていて、膝の上に両手を重ねて目を閉じていた。

まるで祈るような姿に詩緒が声をかけられずにいると、気配に気づいた彼の方が先に振り返った。

「……どうした？」

「あ、片付け終わったから、どうしたのかなって」

なんとなく声をかけづらかったとは言えず、詩緒は弓削のそばまで歩いていった。

「やっぱりプロテスタントってシンプルなんだな」

弓削はそう言いながら詩緒の手を摑むと、自分の隣に座らせた。

「そうでしょ。カトリックと違って十字架にも装飾がないし、持ち歩く習慣もほとんどないんです。あと内装も地味ですよね」

よくテレビで紹介される教会は立派なステンドグラスが飾られ、大きなパイプオルガンがあったりするが、ここの礼拝堂は壁やベンチが赤茶色の木製で、床は歩くとギシギシと音を立てる場所もある。

「古くてびっくりしたでしょ」

「いや、詩緒はこんな素敵なところで育ったんだって思ってただけだよ」

恥ずかしがることではないのに、しみじみした口調で言われてなぜか恥ずかしくなる。

「こんなところでなにしてたんですか？」

詩緒は恥ずかしさを誤魔化すように言った。

「一応懺悔とこれからの決意表明をね」

意外な言葉に詩緒はわずかに首を傾げた。

「決意表明？」

「ああ。前に詩緒が言っただろ。罪を犯しても悔い改めることができるって。だからこれからは詩緒を大事にして、幸せにしますって誓ってたの」

「……」

弓削の言葉に詩緒は胸がいっぱいになった。やっぱり弓削は神様が自分に巡り会わせてくれた運命の人なのだ。

弓削がこうして与えてくれる真心に、自分はどうやって気持ちを返せばいいのだろう。

「やっぱりさ、詩緒が嫌じゃないのならここで結婚式をしたいな」

弓削が握りしめていた手にギュッと力を込めた。

「わたしは嬉しいですけど」

「俺の両親とリンと君の両親、あとはここの信者さんとかがお祝いしてくれれば十分だろ」

「うん」

詩緒が頷くと、弓削はからかうように詩緒の目を覗（のぞ）き込んだ。

「ああ、でもここで式を挙げたらさっきの男の子ががっかりするかな？」

「え？　どうしてですか？」

この教会で結婚式が行われることはそう多くない。珍しい儀式に子どもたちも喜ぶはずだ。

キョトンとしている詩緒に、弓削が大袈裟に溜息をついた。

「これだから詩緒から目を離せないんだよな」

「？」

「あの子は間違いなく詩緒が好きだぜ。だから俺が婚約者だって挨拶したとき、さっきみたいな態度したんだ」

さっきみたいな、というのは、怒って帰ってしまったことを言っているのだろうか。

「まあ詩緒はまだまだ男心を学ぶ必要があるってことだ」

弓削は意味がわからないという顔をする詩緒を見て、笑いながら無防備な唇にチュッと触れるだけのキスをした。

「ゆ、弓削さん！」

このタイミングでキスをされると思っていなかった詩緒は真っ赤になった。

「そういえば今朝から一度もアキって呼んでくれないね」

「あ……だって、人前じゃ恥ずかしいし……」

アキと特別な呼び方をしてみたかったのは本当だが、まだ人に聞かれるのは恥ずかしい。

「今はふたりきりだけど」

「き、急には変えられないんです！」

「まあいいか。これから練習する時間はいっぱいあるわけだし。さ、そろそろ行かないと飛行機に乗り遅れる」

「大変！」

先に立ち上がった弓削に腕を引いて立ち上がらせられる。すぐに扉に向かおうとする詩緒の腰を引き寄せると、弓削は小さな耳に唇を寄せた。

「乗り遅れたらもう一泊っていうのもアリだけどね」

「……え」

次の瞬間、柔らかな耳朶を甘噛みされて飛び上がる。

「ななんてことするんですか！　ここは神聖な礼拝堂で」

「俺、なにかした？」

「したじゃないですか！　み、耳を……っ」

真っ赤にして言葉尻を濁す詩緒に、弓削は黒々とした目をいたずらっ子のようにクルリと回した。

「そうだっけ？　ほら、ご両親に挨拶しに行こう」

弓削は笑いながら肩を竦めると、詩緒の手を引いて歩き出した。

「もう！」

弓削の突拍子もない行動にいい加減慣れろと言われそうだが、やっぱりこの先何度でもこうして弓削に振り回されそうな予感がする。

でもそれは不安とか嫌悪ではなく、ふたりで笑いながら沢山の時間を過ごすことができるという期待の気持ちだ。

いつも弓削にはドキドキさせられてばかりだが、たまには自分も彼をドキドキさせられればいいのに。ふとそんな悪戯心が浮かんだ詩緒は、立ち止まった弓削を呼んだ。

「どうした？」

弓削が振り返った瞬間、詩緒は紺と白のボーダー柄のポロシャツの胸元を摑んで背伸びをし、弓削の耳元で囁いた。

「——アキ、大好き」

本当は自分も耳にキスをしようと思ったけれどそこまで大胆には慣れず、トンと踵が音を立てて地面に着地する。

少しは驚いただろうかと弓削を見上げると、いつも涼しい顔で詩緒をからかう弓削の顔が、これまで見たこともないぐらい真っ赤に染まっていた。

「……」

「ゆ、弓削さん？」

予想外の反応に慌てる詩緒の前で、なんとか理性を取り戻した弓削が怖いぐらいの満面の笑みを浮かべて詩緒を見おろした。

「詩緒、今の可愛い悪戯のお礼はあとでするから、今夜は覚悟して」

弓削はそう言い残すとクルリと身を翻し礼拝堂を出ていってしまった。

「え？　え？」

ひとり取り残された詩緒はなにが起きたのかわからずしばらく呆然としていたけれど、

飛行機の時間が迫っていることを思いだし、慌てて弓削のあとを追いかける。

自分がしてしまった小さな悪戯に大きな代償があることも知らずに、大好きな人の元へ駆けだした。

あとがき

水城のあです。拙作をお手にとっていただきありがとうございます。

蜜夢文庫さんからは四冊目の著書となりました!!（パチパチ）

何年か前に別のお仕事で主人公がミッションスクールに通っている設定のお話を書いたのですが、そのときにこのお話の原案が浮かびました。

プレイボーイ×敬虔なクリスチャンというカップリングはすぐに決まったのですが、敬虔なクリスチャンはそんな簡単にHに持ち込めないいんじゃないの??　というわけで、このお話は私の中で一旦保留になりました。だってそういうジャンルの作家だし（笑）

キリスト教のことやミッションスクールのことなどは、生粋のミッションスクール育ちのお友達に相談にのってもらっていて、色々話を聞いたり調べたら、結婚するまではしません！　って話は結構あるらしいのです。

そこから二年ほど保留にされ、このままお蔵入り!?　という危機を乗り越え日の目を見た作品なのでした！

まだまだ教えてもらった面白エピソードがあるので、またチャンスがあったら書きたいと思います。

アドバイザーの久美子さん、いつも相談にのってくれてありがとう～！


今回のイラストは上原た壱先生に描いていただきました。

このあとがきの時点で表紙のラフをいただいているのですが、弓削がカッコいい!!

上原先生、色っぽい弓削を描いていただいてありがとうございます！


最後になりましたが、読者の皆様、お楽しみいただけましたでしょうか。

この本は電子版で先行配信していたものに書き下ろしエピソードを追加したものになります。蜜夢文庫だけのエピソードもお楽しみいただけたら嬉しいです。

また次作で皆様にお会いできますように！

水城のあ

悩める新人MRは
ツンデレドクターに
翻弄される
絶対にお前を
私って、ただのセフレ？
それとも……。
逃がさない！

蜜夢文庫　最新刊！

私を身も心も捕まえたのは史上最強の悪魔Dr.でした

Watashi wo mi mo kokoro mo tsukamaeta noha shijousaikyou no DEMON DOCTOR deshita

連城寺のあ〔著〕
氷堂れん〔イラスト〕

友人の結婚式に向かうため、軽自動車で高速道路を走っていた理子は、緊張のためパーキングエリアで倒れてしまう。偶然居合わせた美形な医師に介抱され回復した理子は、学会に向かうというその医師・大澤と夕食に行き、一線を越えてしまう。再会を約束して別れたものの、その後大澤からの連絡はなく、傷ついた理子は携帯電話やアドレスを変えるが、取引先の病院で大澤と再会する。製薬会社で働く初心な女子と悪魔というあだ名のドSな外科医の溺愛ストーリー。

兎山もなか

才川夫妻の恋愛事情 9年目の愛妻家と赤ちゃん
君が何度も××するから　ふしだらなスーツと眼鏡、時々エッチな夢
才川夫妻の恋愛事情　8年目の溺愛と子作り宣言
黙って私を抱きなさい！ 年上眼鏡秘書は純情女社長を大事にしすぎている
才川夫妻の恋愛事情～7年じっくり調教されました～
イケメン兄弟から迫られていますがなんら問題ありません。
編集さん（←元カノ）に謀られまして　禁欲作家の恋と欲望
清く正しくいやらしく　まじめOLのビッチ宣言

鳴海澪

俺様御曹司に愛されすぎ　干物なリケジョが潤って⁉
溺愛コンチェルト　御曹司は花嫁を束縛する
赤い靴のシンデレラ　身代わり花嫁の恋

葉月クロル

拾った地味メガネ男子はハイスペック王子！ いきなり結婚ってマジですか？

春奈真実

恋舞台　Sで鬼畜な御曹司

日野さつき

強引執着溺愛ダーリン あきらめの悪い御曹司

ひより

地味に、目立たず、恋してる。幼なじみとナイショの恋愛事情

ひらび久美

フォンダンショコラ男子は甘く蕩ける
恋愛遺伝子欠乏症 特効薬は御曹司⁉

真坂たま

ワケあり物件契約中～カリスマ占い師と不機嫌な恋人

御子柴くれは

セレブ社長と偽装結婚　箱入り姫は甘く疼いて⁉

水城のあ

S系厨房男子に餌付け調教されました
露天風呂で初恋の幼なじみと再会して、求婚されちゃいました‼
あなたのシンデレラ　若社長の強引なエスコート

御堂志生

欲望の視線　冷酷な御曹司は姫の純潔を瞳で奪う
エリート弁護士は不機嫌に溺愛する～解約不可の服従契約～
償いは蜜の味　S系パイロットの淫らなおしおき
年下王子に甘い服従　Ｔｏｋｙｏ王子

深雪まゆ

社内恋愛禁止　あなたと秘密のランジェリー

桃城猫緒

処女ですが復讐のため上司に抱かれます！

連城寺のあ

同級生がヘンタイDr.になっていました

〈蜜夢文庫〉好評既刊発売中！

青砥あか

激甘ドＳ外科医に脅迫溺愛されてます
入れ替わったら、オレ様彼氏とエッチする運命でした！
結婚が破談になったら、課長と子作りすることになりました⁉
極道と夜の乙女　初めては淫らな契り
王子様は助けに来ない　幼馴染み×監禁愛

朝来みゆか

旦那様はボディガード　偽装結婚したら、本気の恋に落ちました

奏多

隣人の声に欲情する彼女は、拗らせ上司の誘惑にも逆らえません

かのこ

侵蝕する愛　通勤電車の秘蜜
アブノーマル・スイッチ～草食系同期のＳな本性～

葛餅

俺の病気を治してください　イケメンすぎる幼なじみは私にだけ●●する

栗谷あずみ

あまとろクルーズ 腹黒パティシエは猫かぶり上司を淫らに躾ける
楽園で恋をする ホテル御曹司の甘い求愛

ぐるもり

指名Ｎｏ．１のトップスタイリストは私の髪を愛撫する

西條六花

年下幼なじみと二度目の初体験？　逃げられないほど愛されています
ピアニストの執愛　その指に囚われて
無愛想ドクターの時間外診療　甘い刺激に乱されています
初心なカタブツ書道家は奥手な彼女と恋に溺れる

涼暮つき

甘い誤算　特異体質の御曹司は運命のつがいを本能で愛す

高田ちさき

ラブ・ロンダリング　年下エリートは狙った獲物を甘く堕とす
元教え子のホテルＣＥＯにスイートルームで溺愛されています。
あなたの言葉に溺れたい　恋愛小説家と淫らな読書会
恋文ラビリンス　担当編集は初恋の彼⁉

玉紀直

年下恋愛対象外！チャラい後輩君は真面目一途な絶倫でした
甘黒御曹司は無垢な蕾を淫らな花にしたい～なでしこ花恋綺譚
聖人君子が豹変したら意外と肉食だった件
オトナの恋を教えてあげる　ドＳ執事の甘い調教

天ヶ森雀

アラサー女子と多忙な王子様のオトナな関係純情欲望スイートマニュアル　処女と野獣の社内恋愛

冬野まゆ

小鳩君ドット迷惑　押しかけ同居人は人気俳優⁉

兎山もなか――――――――――――――――――――――――――――――
異世界で愛され姫になったら現実が変わりはじめました。

吹雪歌音――――――――――――――――――――――――――――――
舞姫に転生したＯＬは砂漠の王に貪り愛される

葉月クロル――――――――――――――――――――――――――――――
異世界の恋人はスライム王子の触手で溺愛される

日車メレ――――――――――――――――――――――――――――――
墓守公爵と契約花嫁　ご先祖様、寝室は立ち入り厳禁です！

真宮奏――――――――――――――――――――――――――――――
狐姫の身代わり婚 ～初恋王子はとんだケダモノ!? ～

御影りさ――――――――――――――――――――――――――――――
少年魔王と夜の魔王　嫁き遅れ皇女は二人の夫を全力で愛す
次期国王の決め手は繁殖力だそうです
ヤンデレ系乙女ゲームの悪役令嬢に転生したので、推しを監禁しています。

椋本梨戸――――――――――――――――――――――――――――――
怖がりの新妻は竜王に、永く優しく愛されました。

本書は、電子書籍レーベル「らぶドロップス」より発売された電子書籍『運命の人は素敵な悪魔でした』を元に、加筆・修正したものです。

★著者・イラストレーターへのファンレターやプレゼントにつきまして★
著者・イラストレーターへのファンレターやプレゼントは、下記の住所にお送りください。いただいたお手紙やプレゼントは、できるだけ早く著作者にお送りしておりますが、状況によって時間が掛かる場合があります。生ものや賞味期限の短い食べ物をご送付いただきますと著者様にお届けできない場合がございますので、何卒ご理解ください。
送り先
〒160-0004　東京都新宿区四谷 3-14-1　UUR 四谷三丁目ビル２階
(株)パブリッシングリンク
蜜夢文庫 編集部
○○（著者・イラストレーターのお名前）様

禁断の誘惑に逆らえませんでした
俺様彼氏のイケナイ教え

２０２０年９月３０日　初版第一刷発行

著……水城のあ
画……上原た壱
編集……株式会社パブリッシングリンク
ブックデザイン……しおざわりな
（ムシカゴグラフィクス）
本文ＤＴＰ……ＩＤＲ

発行人……後藤明信
発行……株式会社竹書房
〒102-0072　東京都千代田区飯田橋２－７－３
電話　03-3264-1576（代表）
03-3234-6208（編集）
http://www.takeshobo.co.jp
印刷・製本……中央精版印刷株式会社

ISBN978-4-8019-2401-7　C0193
Printed in JAPAN